U0027948

越爱越寂寞？

橘子作品23

It takes 2 to be lonely

自序　我寫作

六月

六月下了一陣子的雨，這本書也就在那陣子的雨裡完稿，眞希望今年常下雨。

和這一兩年橘書不同的是，這《越愛越寂寞?》的靈感來得又快又突然，幾乎還沒寫進我的靈感小本子時，就這麼落成於紙張之中，埋頭寫了起來。感覺眞像回到了最初寫作時的那個我。

順道一提，是的，我依舊是先手寫再key in，是的，我知道這樣費時又要費工，是的，我嘗試過改變，但就是改不了;也曾被建議過、請人幫忙key in，但是光想那個畫面整個不開心，感覺這作品好像就與我無關似了的不開心，我想這多少是反映了我孤僻的一面吧?不過當然這是開玩笑的，眞的。

我甚至是只能習慣在自己的書桌上寫作，我滿羨慕其他在任何地方都能隨處寫作的作家，我挺嚮往在捷運上、在咖啡館裡對著Notebook飛快key in的畫面，好文人的畫面，眞喜歡；但沒辦法，寫作時我離不開我的書桌，甚至是我的那枝自動鉛筆和又大又方的橡皮擦。

一枝筆，一疊紙，一杯咖啡和音樂，還有我自己，這，依舊是我寫作的全部。

橘子

思念還有歌
唱著我無法對你割捨

若這不是愛
那有過的是什麼？

——〈用力抱著。梁靜茹〉
詞／小寒　曲／朱敬然

第一章

◆之一
鄭友慈

完美的邂逅是這樣：

五星級旅館，高樓層的餐廳，靠窗的好座位，以及，正準備要接受時尚雜誌採訪的我。

準備好再一次走進時尚雜誌裡，以時尚又都會的當紅兩性女作家亮相的我、是這形象：頂上是及肩鮑伯頭——長度、捲度、亮澤度都恰到好處地修飾了我稍長的臉型（眞討厭）。臉上是乾淨俐落的裸妝——化了我半小時起碼有、雖說是強調無妝感的時尚裸妝。身上是斜肩嫩粉紅色小洋裝——看起來很貴，但其實不過八百九一件，然而質料和剪裁是沒話說的好（網路購物買的，順道一提）。腳底踩的是香奈兒山茶花夾腳涼鞋——天曉得我是眞的好愛這雙鞋，每次拍照的公開場合我總是穿著它，我才不管別人是不是誤會我只有這雙鞋。而手邊擱著的是橘色BV編織包——網路購物買的，同樣是。（宅經濟是現在人生存的必備！）

而這會兒是他的開場白：

『我很難不注意到妳。』

而他會是個高瘦斯文、穩重內斂並且長有一張好看臉孔的suit guy，熟男類型，當然。

實際上他還眞的是很難不注意到我，因爲這會兒我正招手把迎面走來的他喊來點餐。我知道旅館經理並不負責爲顧客點餐，可是偶爾爲之又不會怎麼樣，再說勇於把握機會、爭取機會，甚至是爲自己創造機會本來就是現代都會女子的必備條件；況且從事服務業的男人他們的人格特質通常是細心體貼的多——畢竟他們的工作就是服務，再者他們的服從性通常高——這恰恰符合了我最最需要的伴侶人格特質。撇開他們的工作時間太長而且假日通常無法休假不說，他們還眞的是滿好的伴侶人選，雖然話說回來他們的工作場合也有太多的機會接觸異性，尤其是打扮光鮮亮麗的異性，我得說這多少是大大提高了外遇的危險機率——哦、老天，瞧瞧我，我的職業病又犯了。

訪問甚至還沒開始呢。

然而，等他走近一看仔細，我才發現他是高瘦斯文沒錯，但他壓根就不是熟男類型更別提穩重內斂還有好看的臉；西裝就是有這效果，連瓏勳穿來也不例外。

至今我依舊深深記得看到瓏勳第一次穿上西裝的那天，我也記得那是我第二次愛上他，我還記得第三次發現自己再度愛上瓏勳時的震驚、沮喪和自我懷疑，我尤其記得從那之後的下一分鐘、每一分鐘，我就無時不刻的提醒自己永遠別要再有第四次、下一次！

我才不要讓自己變成那種只暗戀單戀對方、卻也永遠只被對方當成是紅粉知己而已的苦情女配角。

我把瓏勳甩開腦海，把注意力重新移回眼前這suit guy。

眼前這suit guy非但不是熟男類型而且他還太瘦太年輕，他雖然太瘦太年輕但他卻已經老派的把手機掛在腰際上，而重點就是他的腰——哦、老天，我也說不上來是爲什麼怎麼了，但我就是強烈憎恨腰身細細的男人，我甚至需要強烈的自制力才能夠阻止自己衝上前去把那細細腰身當成沙包練拳頭。

消失吧！這短暫的看走眼邂逅小插曲。

「午茶套餐，飲料要熱咖啡。」

我說。

但結果他的反應卻是疑惑的看看我又搖搖頭，然後他笑了笑，最後他決定要開口，就在這慢郎中終於想好要怎麼開口時，坐在我對面這位表情明顯已經不耐煩的採訪編輯搶先說：

『我想他不是服務生。』她說，她不客氣的說：『這裡的服務生胸前有別名牌而他沒有，妳沒注意到嗎？』

是，我沒注意到，我該注意到嗎？

『餐來了，英式午茶套餐，熱咖啡。』指著前方送餐的女服務生，她繼續說，她繼續毫不客氣的說：『我幫妳先點好了，就在我等了妳差不多第二十六分鐘的時候，也就是十分鐘之前。』

喔喔，來者不善，我懂了。

在所有認識我的人裡頭，大致可以分為三種人。

第一種是我專欄的讀者，或者說是信徒，我之所以能成功能走紅完全得要感激她們一面倒的支持和崇拜。

第二種還是我專欄的讀者，但她們是因爲討厭所以才看我的專欄，畢竟如果不持續地看我的專欄、她們倒是如何能知道要繼續討厭我什麼呢？

第三種是湊熱鬧的路人們，他們不看我的專欄但他們知道我是誰也知道我在寫專欄更知道我現在是華人世界裡最紅最活躍的兩性專欄女作家，多虧了這些非讀者的湊熱鬧路人們的口耳相傳，讓我的人氣高漲、扶搖直上，硬是因此多接了好多的廣告和代言還有活動的邀約，比起明星來還眞是有過之而無不及的多。

而，這就是第二種人討厭我的最大原因——她眞把自己當成女明星啦？天曉得她甚至稱不上是作家，她的專欄廢話一堆、狗屁不通！她眞是自以爲是的自戀鬼，她簡直就是招搖得要命！

我不止一次聽到、看到這樣的聲音和意見，或者可以直接稱之爲攻擊，不過我才懶得去反擊更懶得去管那些人怎麼想，要是每個人的聲音我都聽都在意，那麼此刻的我就不會是成功的美美的坐在這裡被訪問，卻是一路跑到精神病院報到去。

我就是要做我自己。我才不要被打敗。任何人都休想把我給打敗。

於是此刻，我從容自在的面對眼前這位明明就很討厭我、卻又不得不訪問我的採訪編輯；我自信優雅的享受這屬於我的專訪、同時打定主意如果要是她冒犯我的話、我一定也要不客氣的回敬過去。

不過這事沒發生，我們都是專業而又內斂的現代都會女性、當然。我們都在大人的世界混得夠熟夠久夠拿手，我們都得心應手於如何和討厭的混蛋一起工作，我們早已經學會也早已經懶得把私人情緒帶進工作裡，我們只求過程順利、結果完美。我提醒攝影師待會從哪個角度拍照會比較上相，我——

我好想尿尿。

打從今天一出門我就有泡尿憋著沒上，匆匆趕來到這飯店時，本來我是打算要先去大廳找廁所的，可是誰曉得這個臭女人一直打電話的催啊催，沒辦法我只好忍著先來露個面；接著我是打算露完面、點完餐後就要立刻去找廁所的，可是誰曉得這個臭女人卻已經幫我把餐都點好、還立刻拿出小本子和錄音筆滔滔不絕的問啊問；最後我是打算訪問一結束就立刻跑去上廁所的，可是誰曉得等在一旁的攝影師卻緊接著帶我到處尋找背景、光線和角度；當時想必就是這背景、光線和角度太完美太忘我，以至於我忘記了原本有泡尿憋在我膀胱裡的這回事；等到我再想起時，是已經回到家時卸完妝之後。

喔、又來了，這一個不小心就復發的尿如刀割尿道炎。

這天殺的。

眞實的邂逅是這樣：

週末晚上，冷冷清清的小型醫院，頭髮亂夾一通，臉妝完全卸掉，身上穿的是寬鬆家居服而且胸前還有一處咖啡漬的我，以及因爲門診休息所以只好掛急診的尿道炎，還有——

『我有沒有聽錯？只是尿道炎就跑來掛急診？哈～～這個人好幽默！』

急診室裡一陣開朗的男人笑聲僵住我的腳步和自尊。

『那不是多喝幾杯水多撒幾泡尿就可以解決的嗎？那不是多喝蔓越莓汁就好了的嗎？』

兩顆抗生素同樣也行，而且還更快，而且還不用忍受痛！我在心底咒罵了起來，我開始考慮換別家醫院看。

可惡。

這可惡的愛嘲笑人男聲原來就是醫生本人，走進急診室第一眼看到他的時候，我判定他是個實習醫生，因爲假日還需要値班的通常是實習醫生，也是因爲他皺皺的白袍底下是寬寬的淺色休閒褲，隨著淺色休閒褲一同伸出探在桌邊的是尺寸大到活像雙小船的Nike球鞋。

那雙球鞋瓏動也有同樣一雙，我想起。雖然同樣的都很髒，不過瓏動那雙鞋尺寸小很多；瓏動雖然是人高馬大寬骨架，不過唯獨他的臉和手腳相較於寬骨架卻是突兀的小。我常拿他的小手小腳丫取笑他，瓏動恨死我經常拿這點取笑他。

這醫生看起來好年輕。

變成三十歲對我而言最大的改變就是我開始會心驚膽跳萬一遇到年紀比我輕的醫生，因爲每當這種時刻我才眞正想起自己是確實老掉的這件事情。

然而當我走到桌邊一坐定看仔細時，才看清這醫生其實只是模樣年輕卻不是我以爲的年輕，他的眼神和他眼角的皺紋洩露了他的眞實年紀。曾經有個一起上節目的命理老師告訴我、眼角皺紋很多的男人通常很花心，某個大牌主持人就是個最好的例子，但這論點我始終保持懷疑。

瓏勳也是眼角皺紋多的男人，但我想這多少是因爲他的職業是攝影師的關係，他們經常需要擠著眼睛看相機鏡頭。瓏勳不花心。

我告訴他：

「我憋了一下午的尿，剛剛發現尿尿很痛。」想了想，我強調：「尿尿非常痛，尿如刀割的那種痛。我想是尿道炎。」

點點頭，他說，他冷嘲熱諷的說：

『很好，病人兼醫生，妳懂得比我多。這裡是藥房還醫院？』

很好，他這是在挑釁我。

「總不會是餐廳而我正在跟你點餐吧？」我也酸了回去，「哈囉，我決定好了，前菜是凱撒沙拉，湯要南瓜湯，而主餐是兩顆抗生素，謝謝。」

臉上依舊掛著好看的可惡笑容，他決定不對我的態度發脾氣，他專業的說：

『我們得請妳先去驗個尿，判定有沒有感染，然後要請護士幫妳量個體溫——』說到這，他分心轉頭望向站在櫃檯正討論著點飲料的護士們：『我要珍奶半糖喔。』

很好！再故意一點沒關係。

我們都知道這場對話不甚愉快，甚至明顯地針鋒相對，但弔詭的是，我們居然都不希望這場對話就此結束。

我們繼續下去：

『如果發燒的話有可能是腎發炎。』他說，他挑釁地用我的話回敬我：『既然是尿如刀割那種痛。所以，請麻煩妳拿著紙杯去廁所吧。』

我拒絕他：「我不想尿尿。」

而且我就是討厭醫院的廁所，感覺好像會有鬼。

『妳就是憋著不尿才會痛，妳要是不想痛就不要再憋尿。』

我不服氣的指出：「你怎麼篤定我就是憋尿？尿道炎也有可能是經由接觸感染，我指的是——」

我沒說完我接著準備要說的性交這兩個字，不是因為我不好意思沒有勇氣說出口，而是他此時的眼神太欠揍又太過分而且眞的很可惡。

他笑著等我繼續往下說去。

我沒有繼續往下說去，我怕我會忍不住想要問他是不是一看我就知道我是個性生活空白的女人？我甚至想要解釋那是因爲我太忙又對男人太挑剔而不是因爲在男人眼中我是個沒有吸引力的女人——

哦、老天，我是不是真的應該稍作打扮才出門的？可是我哪曉得我只是尿尿會痛跑來醫院拿抗生素把這該死的尿如刀割痛快快處理，可結果卻遇到個我難得會心動雖然可惡但卻還滿有吸引力的醫生！

我詛咒我自己在偷瞄他有沒有戴婚戒。

他沒有戴婚戒。

然後我就覺得好生氣。

我生氣這一個假日的午後，這樣子的一個假日午後大家都跑去約會看電影或許還在餐桌旁邊捧著臉蛋相互餵食，說不準還好健康的騎著自行車迎向黃昏的夕陽，而這會兒我們卻在這裡爭論我的不想尿尿和我的尿如刀割痛？而重點是衣著邋遢的我還分心想著衣著同樣邋遢的眼前這醫生有沒有可能還單身會不會他就是我等了好久終於等到的眞命天子？

太好了！

我就生起自己的氣來了。

我不耐煩的說：「你能不能就好心點少廢話直接開抗生素給我——你！」我驚訝的看著他開始捶打我的腰際。「你幹嘛啊？」

『會痛嗎？』

「廢話！被打怎麼可能不會痛！」

我差不多想報警了。

『我指的是痛不欲生那種痛。』他依舊笑著：『這是初步檢查妳有沒有腎發炎，不過看妳反應是沒有，顯然妳只是純粹對痛敏感，』他強調：『對痛過度敏感。』他還是笑：『因爲一般人都會說還好而已。』他加重語氣說：『因爲這力道眞的是還好而已不會痛。』

我瞪著他，而他用笑容回敬我，在沉默的對峙裡，我發現我拿起紙杯走出急診室走向廁所，搞不好會有天花板的角落會有張鬼臉等著嚇我的討厭透了的醫院廁所。

我還發現當我經過大廳櫃檯時刻意慢下腳步尋找牆上値班醫生的名字。

王哲修，這他名字。

◆之二 許瓏勳

當友慈打電話來的時候我正好在整理作品集，看了一眼手腕上的錶，我看見時間正好是午夜前的十分鐘。

手腕上這機械錶是幾年前友慈送給我的生日禮物，我實在回想不起那年我們到底是幾歲，不過我倒是確切地記得那年是友慈人生起飛的第一年，不，與其說是人生起飛、倒不如說是突然爆紅、名利雙收要來得更爲貼切；我還記得當時我收下這機械錶的第一個反應是還得時常調準時間眞是有夠麻煩，我也記得當時友慈的反應是很不高興。

『不識貨的傢伙。』

當時友慈很不高興的說了這句話。

往後回想我老覺得她這句話彷彿有個什麼弦外之音的意有所指。我懷疑是這支錶很貴，但我從來沒想過要去查價，我反正戴就是了。

我所能做的不也就是這樣而已嗎？

我沒有賺很多錢，但我也不缺錢，不會缺錢到到需要變賣物品的地步。再說這是友慈送我的錶，很麻煩的錶。

跟她真像。

午夜前的十分鐘。

友慈在這種時刻打電話給我，通常不是她心情太差就是心情太好，而這實在很好判斷；心情太差時，友慈的開場白會是難得客氣的問我：『睡了嗎？還是在忙？』而不管我是已經睡了還是正好在忙都會打起精神、假裝沒事的聽她說話讓她說話，不是因為我害怕拒絕她讓她不高興，而是這女人鮮少會有展現脆弱的時刻。

這性格在她還不是名女人時就養成了。

而這次是後者。她心情太好，她劈頭就說起下午的那個採訪還有那個讓她糗掉的不是邂逅，她快快的一口氣就說：

『我都已經準備好要怎麼帥氣的拒絕他的搭訕了，可是結果卻沒有搭訕！沒有！』

她歇斯底里的又叫又笑，這點和螢幕上、專欄上的她真的很不一樣，簡直判若兩人。每次一想起這個反差，我總是會覺得莞爾。

我笑了起來。

『雖然明知道這未免也太不理智，而且那個腰瘦仔根本也不是我的菜，沒來搭訕我還輕鬆愉快些。可是當他眞的沒有要搭訕的意思時，我當下還眞眞喪心病狂的自我懷疑了起來，是不是因爲我又老又醜我沒人要！你老實告訴我沒關係！』

「妳又正又美又聰明。」我告訴她，「那個瘦仔可能是個gay。」

『喔，謝啦。』友慈滿足的笑了起來，『你永遠知道我需要聽到的是什麼，儘管只是出於善意的安慰也很好。』

「不是出於善意的安慰。」

我想告訴她，可是我來不及告訴她，接著友慈就立刻又說起採訪末了爲她拍照的那位攝影師；當友慈才說出攝影師這三個字時，我就知道她接下來要說的是什麼了。

果眞接下來她說：

『我有幫你問喔，他們或許還缺一位攝影師，三十歲不會太晚而且還是個好好認眞開始的好年紀——』

「不用了，謝謝。」還有，「第N次。請不要再到處幫我問工作了，我對我現在的工作很滿意。」

『也不用拒絕得那麼快嘛。』她繼續又說：『反正都是人像攝影，有機會拍眞正的巨星不是更棒嗎？』

「是啊，而且收入也更穩定，更別提還可以到處炫耀：嘿！猜猜我昨天幫誰拍照啊？是林志玲喔！這樣嗎？」

『好吧，我懂了。』友慈嘴裡是這麼說，但隨即友慈卻硬是又說：『不過我還是得告訴你，他們也有缺個正職的版面設計。』

「鄭友慈，妳不要又逼我說出那句話喔。」

『許瓏勳，該不會是那句我比你媽還囉嗦吧？』

「對。」

『娘的。』

哈。

我聽見手機那頭她正在倒酒的聲音，我於是也給自己點了一根香菸；我走到陽台看著台北夜景，我想起黃昏時分苡詩打來的電話，苡詩傳來的消息，和等我的決定。

紐約現在幾點？

我想問問友慈的意見，畢竟那很可能會是我人生的轉捩點。當掛上和苡詩的電話之後，我就想要立刻告訴友慈這個消息，我想聽聽她的判斷、然後我才能決定自己的心意如何。我一向是如此，我好像有點太過依賴她了；可是當時我猶豫著卻終究沒撥出電話，大概是因爲反正知道說了以後友慈會是什麼反應吧，所以說了也是白說。

儘管是這麼多年的時間過去，只要一聽到苡詩的名字時，友慈總是不會好言幾句甚至是感到生氣；我始終搞不懂友慈爲什麼那麼討厭苡詩，畢竟當年被苡詩無情甩掉的人是我又不是她。

不過這會兒我決定還是要告訴友慈，她畢竟比我聰明也懂得多；友慈總給人一種她什麼都懂的感覺，有次我甚至在節目上看到她正在談論川崎式症。川崎式症？那是什麼？她怎麼會懂得那個？

我覺得她好厲害。

然而，當我話才說到舌尖，友慈就搶先開口，她神采飛揚的說到她去的醫院，她掛的急診，她遇見的那個醫生，我聽見她語氣裡有愛情來了的甜，我懷疑她方才說的不是邂逅只是個鋪陳，她打電話來眞正想講的其實是這個。這醫生。這藏不住的我。

我捻熄香菸：

「妳怎麼了掛急診？」

停頓了好一會，她才說：

『喔，是急性腸胃炎，可能下午吃壞肚子了吧。』

「妳自己一個人去？幹嘛不找我帶妳去？」

又是個停頓。

『你家離這裡太遠了啦，等到你來、我早痛死在地上打滾了。』

「那麼痛妳現在還敢喝酒。」

『沒有啊，我喝的是白開水，那藥有副作用是會容易口渴。』

「騙誰啊妳。」

我知道這話題再說下去我們一定會吵架，但我就是忍不住的再說下去：

「鄭小姐，一個人獨居在外的鄭小姐，妳要是不好好照顧身體的話，會不會哪天妳暴斃在家裡屍體都發臭了還沒有人發現啊？」

如果換作是平常時刻的話，友慈一定會拿我三十歲還和爸媽住一起的事情反擊我，接著我們會互相舉例對方才是無可救藥的控制狂，吵到最後通常會是以友慈掛我電話作爲句點；但是今天顯然友慈並不想要吵架，她想要繼續聊那位醫生，於是她只說了一句：『你很煩。』接著就把話題重新帶回那位醫生。

友慈絕口不提她聽來是愛上對方了，但她想要轉述他們之間的所有對話，一字一句。

她聽起來就是戀愛前的忐忑還有甜。

我接著說我要睡了，明天還有個case得早起，我於是道了晚安，然後掛上電話。

我也說不上來自己現在是什麼滋味，該什麼滋味。我承認我聽得不是滋味。

我曾經愛上過友慈三次。

第一次是在我們大學的圖書館，那時候我去接在圖書館打工的可晴下班，結果卻看到同樣在圖書館打工的友慈正在嚴詞恐嚇一位借書不還的男同學，那位男同學看起來眞的很害怕的樣子。

可能因爲被恐嚇的人不是我吧，所以當下在一旁看著這好戲的我是覺得很有意思，而「這女孩很有意思」正是我對友慈的第一印象；第二印象則是我們三個人一同走出圖書館走向停車場時，我驚訝的看著她掏出車鑰匙走向她的機車。

「不會吧？」我驚訝的脫口而出：「這女的騎打檔車？」

『帥吧？』

可晴笑嘻嘻的說，而至於第一次見面的友慈，反應則是扭過頭來怒視著我：

『是怎樣？女生就不能騎打檔車嗎？』還有，『還有，什麼叫作這女的？』

唔，好兇。第三印象。印象深刻。

「不，只是妳的外表看起來像是讓男朋友開車接送的那種女生。」

這次她沒再兇巴巴的挑我語病質問我什麼叫作「那種女生」？她只是發動、打檔，然後用打檔車的廢氣回敬我。

帥啊。

那是我第一次愛上友慈。

一見鍾情？我不曉得是不是這麼說，但不管是一見鍾情又或者其他類似的什麼，這份愛反正都沒有被說出口而深藏在心底成爲始終的祕密，因爲當時我有可晴而她有大凱；當時我忍住沒有把愛說出口，但卻忍不住問她能不能當模特兒讓我拍照呢？雖然明知可能是會被她兇一頓然後拒絕的結果，但我就是眞的眞的很想要用鏡頭捉住她的眼神，友慈的眼神裡有股不服氣的姿態，那是種言語無法形容的眼神，那是合適用鏡頭捕捉下的眼神。

結果她還眞的是把我兇了一頓然後拒絕。

友慈始終沒答應讓我拍照，從以前到現在都不肯答應。我始終不知道爲什麼，我懷疑她是看不起我的攝影才能。

『這男的很輕浮。』

後來我們變成好朋友之後，友慈坦承當時她曾這麼告訴可晴，她有點內疚這是不是可晴甩了我而且還劈腿我朋友的原因。

「想太多。」

我笑著巴了一下她的頭，當時我們已經熟識到可以互相巴頭的程度，這裡的我們指的是我和友慈，以及雖然劈腿愛上我朋友、但我們卻還是依舊維持著好朋友關係的可晴。我眞的沒有她們以爲的受到傷害，而且我眞的眞的覺得沒有關係。感情從來就沒必要那麼絕，不是嗎？不過就是誰愛誰、誰又不愛誰了，不是嗎？

往後回想，我發現也可能多少是當初我也曾對她的好友、友慈心動過的關係吧，我想。只是我沒付諸行動、但可晴卻有，這樣而已。

是報應吧。當時的我，是眞的這麼認爲的。

「那，不然妳和我交往當作是補償我好了。」

『嗯，對。我確實看人很準，你這傢伙是很輕浮沒錯。』

「……」

那是我對於友慈最接近告白的一句話。

那時候友慈和大凱已經分手，她始終不肯說出他們分手的原因。

那時候我和苡詩愛得正濃，或者應該說是：我覺得我們愛得正濃。

那時候我們三個人開給經常一起喝酒，打發青春，也被青春打發，因爲苡詩好忙，那年三十歲的她，在大人的世界裡忙碌著生活，以及，試著成功。

那時候我已經隱隱感覺到苡詩可能就要離開我。

那是我第二次愛上友慈，那是我們大學畢業那年。

當苡詩終究還是選擇離我而去的那陣子，她們夠義氣的陪我一起喝失戀酒，那陣子她們每天陪我一起喝失戀酒。

而那天我是眞的喝多了：

「當我女朋友也強過當第三者吧？」

帶著醉意我衝口而出，是氣話也是眞話。

然後，眞的，她打了我一巴掌：

『你給得了我什麼？』她問，她說：『當第三者也強過當你失戀時的備胎情人，我還沒有你以爲的那麼悲哀。』

或許，她說得對，友慈一向說得對。

我以爲那會是最後一次，最後一次我以爲我愛她，但結果卻沒有，結果卻還是有。

第三次是友慈送我這支錶的時候。

那時候我們都已經單身，從那之後我們就一直單身至今。

抬頭我看著眼前如此成功的友慈，低頭我想著才能始終無法展現的自己，我覺得自己好脆弱，既失意又脆弱，我害怕我的人生就要年復一年、一事無成的過下去，過完，我覺得好害怕。

我想要安定的生活，我想穩定下來，就算不是事業，總也能是感情。

我其實回想不起來當時我對友慈說了什麼，但我記得當時她半開玩笑半認眞的告訴我：

『我不是那塊料，請不要把我當成苡詩。』

最後一次了，放棄吧。

眞的要是最後一次了。

掛上和友慈的電話之後，低頭我再看了一眼手腕上的錶：凌晨三點鐘了、已經。

抽完這夜的最後一根菸時，念頭一轉，我把檔案裡那張友慈無意間被我拍下的照片、那唯一一張的照片擺進作品集裡，然而卻還是猶豫著該不該寄出。我想，友慈說得對，我這個人總是太優柔寡斷了。

第二章

◆之一

鄭友慈

『一個星期有七天，』可晴說，同時一秒鐘也不浪費的往玻璃杯裡注滿紅酒，『而我卻只有星期日這一天的時間能過回單身日子。七分之一的單身自由日哪！』舉杯，可晴說：『這值得乾上一杯。』

「敬什麼？」

『敬妳們單身女子的自由。』

然後可晴就咕嚕咕嚕的乾了她手中的那杯。

我忍不住提醒她，要價九百塊一瓶的紅酒似乎比較適合細細品嚐而非一口乾掉而且最好還聞聞味道、就像個專業的品酒師那樣！

「早知道我就去頂好買一百九一瓶的紅酒就好了。」

『喔，那麻煩給我一副刀叉好嗎？』指著盤子裡的松露巧克力，可晴說：『這麼頂級的巧克力想來也得小口品嚐才行，說不準在入口之前還得聞聞味道才行。』

「妳可以再酸一點沒關係啊。」

可晴邊笑著邊說：『哎，有什麼比太陽還沒下山就開始喝酒更快活的人生呢？哈～～』

一連呑下兩顆巧克力，接著又往嘴裡咕嚕咕嚕乾掉第二杯滿滿紅酒之後，可晴把話題帶回剛才：

『是這麼難得的七分之一單身自由日，而妳、鄭同學妳，居然還給我睡到下午快五點！』可晴加重語氣：『硬是睡掉我難得又珍貴的七分之一單身日的一半了耶！』她開始搖頭嘆氣：『黃同學我可是從中午送完老公和兒子回婆家之後就一直眼巴巴的等著妳的電話了耶！等得我都活像忠狗八公了耶。』

「沒辦法啊，我昨天失眠到天亮才睡啊。」

『那妳也睡太久了吧，幾乎睡掉十二小時了耶！』

我把她的話丟回給她：「一個星期有七天，而我只有星期日這一天的時間能過回閒沒事的悠哉補眠日耶。」

『也是啦，妳每天都忙到睡眠不足。』可晴再一次的舉杯：『這值得乾上一杯。』

「拜託喔。每次小紀來接他喝到醉醺醺的老婆時，我都尷尬到幾乎想跟他彎腰道歉賠不是了。少喝一點啦。」

『那好吧。』可晴說，但卻還是喝掉一大半，『但妳睡這麼久都不會膀胱爆掉喔？』

「所以我昨天又尿道炎去拿藥啦。」

『憋尿憋太久了啦妳。還有，胃也會壞掉吧？』

「憋尿關胃什麼事？」

『想想，妳空盪盪的胃就這麼泡在胃酸裡整整十二個小時耶。』

「反正我又看不到我的胃。」

嘆了口氣，可晴繼續囉嗦：『還有妳的肝也是啊，妳曉得晚上十一點到凌晨三點是讓肝休息的黃金時間嗎？妳的肝遲早會被妳爆成五花瓣啊！雖說妳反正也看不到妳的肝沒錯啦。』

「妳何不再繼續唱衰我的腎好了？」我沒好氣的說，「妳是瓏勳鬼上身喔？囉嗦得要命，忍不住都要替小小紀擔心了，這麼囉嗦的媽媽。」

『他才滿歲聽不懂，所以在此之前我就只好先拿妳當練習了，哈～～』

「喔，說人人到。」

『小紀？不會吧？這麼早！』

「許瓏勳啦。」伸出手，我們開始：「剪刀石頭布！」

『石頭！』

「剪刀！」

『哈！妳輸了。』用拳頭塞住我的指間，可晴得意洋洋的用腳踢我：『去開門啊妳。我說妳幹嘛不直接給瓏勳備份鑰匙算了？省得每次都要猜拳決定誰幫他開門。』

「他又不是我男朋友。」

『那我是妳的男朋友囉？』

「妳是我出門忘記帶鑰匙的鎖匠。」

『咗～～』可晴一臉八卦的告訴才走進客廳、正放下笨重單眼相機的瓏勳說：『說到男朋友啊、小顧上星期打電話約我吃飯喔。』

『我知道啊。』瓏勳說，若無其事的說：『妳今天買了什麼要我做啊？黃可晴。』

『煎牛排，焗洋芋，凱撒沙拉和南瓜湯。要煮快一點喔，我們很餓！』

『沒猜錯的話，食材都還原封不動的擺在冰箱裡吧？』

「當然。」

『妳們喔，起碼也先把牛排拿出來退冰吧？』

然後他就直接走進廚房了，或者應該說是，逃進廚房去。因爲可晴繼續又說：

『妳知道他們分手了嗎？』

「我不知道他們交往過。」

小顧。

小顧是瓏勳和苡詩分手之後的這麼多年來，才終於又交往的女孩，小女孩。

那是今年的事，今年春天、嚴格說來。

『不是女朋友，只是個嘗試交往看看的對象。』

儘管是在他們兩人頻繁約會的期間，瓏勳這傢伙依舊如此硬拗著。

『少來了你，我一看到這學妹，就知道瓏勳殺手第二代又來啦。』

可晴說。

確實小顧和苡詩有著某種程度的相似沒錯。小顧和苡詩同樣是網拍模特兒，小顧和苡詩同樣有著模特兒的姣好外表，而這同樣也是他們當初相遇相識的原因；只不過差別在於苡詩後來跑去拍戲而小顧沒有——還沒有，或許應該這麼說——還有重點是：苡詩大我們十歲，而小顧小我們十歲。

那陣子瓏勳總也帶著小顧來到我們的週日聚餐，只不過地點就不再是我的單身小公寓而是尋常的餐廳，因爲我連一次也沒到場，因爲那陣子我很忙，雖然我一向很忙、但那陣子我就是剛好特別忙到連我們多年來的週日小聚會——喔、騙誰啊！我就是不想浪費時間和別人的男朋友吃飯而已，我哪來的時間和別人的男朋友吃飯，就算對象是瓏勳也不例外。

尤其是瓏勳。

那陣子我經常感覺到寂寞。

整個春天我們幾乎沒見過面，連瓏勳打來的電話我總也是敷衍幾句就推託著掛掉。變成別人男友的朋友——記得當時我還曾經在專欄裡寫過幾篇這方面的文章。

後來我們重新又恢復週日聚餐是因爲他們分手的關係，我有想過這樣好像會太明顯了，但反正當時的我也管不了那麼多，當時變得很寂寞的我只想著這一星期裡最快樂的一天終於能夠又回來了。

當時的我和可晴總一口咬定是小顧甩了他，關於這點瓏勳總也隨我們說去、並沒有想要解釋的意思。

『不再年輕的這件事，會讓談感情變成一件很困難的事情。』瓏勳只這麼說。

但現在看來，好像眞的提分手的人是瓏勳不是她。她好像眞的很愛他，她好像眞的還愛他。

『你是沒感情還是俗辣還是都是？』可晴對著廚房裡的瓏勳吼，『薄情寡義的俗辣嘛、許瓏勳你。你以爲小顧還眞的是想找我吃飯喔？用我兒子的尿布想也知道她的重點是想見你一面嘛，白痴。』

『我就是知道所以才不去的啊，長痛不如短痛啦。』

就像女人面對Tiffany的八爪鑽卻得忍住不買的痛。我心想。喔、太好了！我下週的專欄有著落了。我就知道我不能沒有他們兩個。

『可憐的小女孩，那麼愛瓏勳。』

『閉嘴啦。妳們兩個牛排要幾分熟？』

「七又三分之一熟。」

『五開根號熟。』

『都幾歲了、妳們，還這麼幼稚。』瓏勳在廚房裡頭說著：『要曉得，狠下心的人也是會痛的好嗎。』

『那就別狠下心繼續交往就好啦。』

『就是不適合所以才決定長痛不如短痛的狠下心不見面啊。』

『哎，也罷。』可晴小聲的咬我耳朵：『我這也是仁至義盡沒讓她白請我吃晚餐啦。』

「妳喲。」

『那至於這個呢，』從包包裡掏出一張CD，可晴交代我：『請務必叫瓏勳要記得帶回家聽。』

「梁靜茹又出新專輯囉？我還以為她都是下半年才出的耶。」

『隨便啦。』

「送這幹嘛？」

『總不會是要告訴瓏勳支持正版唱片很重要吧？妳白痴哦。』沒好氣的瞪了我一眼，可晴繼續說：『反正重點是，小顧希望他聽聽〈用力抱著〉這首歌。小顧送給他的歌，記得告訴那個沒感情的俗辣要聽喔。』

「幹嘛要我講？」

『因爲他比較聽妳的話啊。』

「最好是啦。」

『欸，』指著廚房，可晴換了個話題說：『妳會不會也覺得男人在廚房裡下廚的背影還眞是亂性感一把的？』

嗯。

「妳有毛病喔？」

『眞的啦，搞不懂我那時候幹嘛要甩掉瓏動。』可晴說，不過她話裡還眞完全沒有遺憾的意思，『妳看瓏動也爲小顧下廚過嗎？』

「這我哪知道。」不過我看是沒有。「我看他一定有爲苡詩下廚過。」

『天哪，苡詩。』扶著額頭、可晴說：『好久以前的人了。』

在我們以一種過去的口吻聊著苡詩的這當下，我還眞是萬萬沒有想到在未來的那一天，她走進我生命裡的那一天，然後，間接左右我的未來。

或者應該說是、我們的未來。

我們。

我也沒想過會再遇見他，那個醫生王哲修，我指的是。

我沒想過要去找他，儘管我心知肚明那短短的、不甚愉快的、針鋒相對的、卻充滿化學效應的對話之於我就如同草之於牛那般的被再三反芻、再三回味於我的心底；我知道那通常是我喜歡上一個人的前兆，我還知道我已經好久、甚至是好幾年沒再有過這前兆、這反芻、這感覺，久到我甚至認爲這心動的感覺可能再也不會出現在我生命裡了吧。我感情的更年期到了。我是眞的這麼以爲的。

可是過了好久終於我再一次的遇到。

終於。

可是事過境遷，現在的我、在確認對方是喜歡我的之前，通常我是不會讓自己先喜歡上他的，畢竟那多丟臉、多沒面子、多不理智，而且，多麼不是一位兩性專家該有的表現；但萬一我就是先喜歡他了，那麼這位兩性專家就會要自己乾脆來個眼不見爲淨的避開他就是了，反正時間會沖淡所有的一切，包括心動的感覺，包括喜歡的濃度，不是嗎？

時間。

時間是星期五，我的黑色星期五，從醒來就開始衰個沒完的黑色星期五。

這天我醒來是因爲接到製作單位打來的電話，在電話裡這位負責通告的老兄雖然試著客氣但卻還是很不成功的毫不客氣質問我怎麼搞的還沒去到現場準備錄影啊？

「你八成是記錯來賓了，我今天沒有通告。」

我保持風度的指出這點，然後掛了電話，倒頭我繼續昏睡，我昨天整夜趕稿直到天亮，我累斃了。我早就要公司別再幫我接那麼多專欄我哪有時間寫那麼多專欄可是他們卻硬是一直幫我接專欄，曝光率！曝光率！曝光率！他們老是這麼說。

他們打電話來，在下一分鐘的時候：

『妳今天要錄影啊、老師。』

「我不是老師！講幾次私底下不要叫我老師，都被叫老了——」

『不是啦、老師，這眞的很緊急——』

他緊急的喚回我的回憶。

我是記得那個通告，我也記得我拒絕了那個通告，我知道這陣子我的通告主題已經不再只是兩性議題、畢竟哪有那麼多的兩性議題通告好上，可是這次的主題是夏日除毛眞的未免也太超過了，我告訴他差不多也該適可而止了。

「我告訴過你這個通告不上！」

我吼他。

『對，是的，當然。我也這樣告訴製作單位，可是想必是這中間有人搞錯了，而現在，全部的人都在等老師妳啊，節目流程都已經run好了啊、老師！』

「你！」

『對，是的，當然。我現在已經在接妳的路上了，再十分鐘就到了喲，妳可以在車上化妝這來得及。』

「我不要！」

『這怎麼行呢？』他的聲音裡有崩潰的味道：『那個節目沒有老師您是不行的啊！』

眞是聽他在放屁。

整個錄影我說不上兩句話的時間，我不明白爲什麼我得爲了說這兩句話不到的時間硬是跑來救火，我不知道爲什麼我都已經硬是跑來救火趕錄影了結果卻還是被全部的工作人員視爲耍大牌公敵；我想像他們或許已經決定好下一次的節目主題就是愛耍大牌的藝人，畢竟觀眾最愛看的就是這類主題而且實不相瞞我自己就愛，我想告訴自己隨他們去的反正我又不是藝人，但結果我卻是忍不住的在錄影結束之後就立刻解釋這中間是有人搞錯了而重點是那個人不是我而我也是個受害者我——

我覺得好委屈。

我聽見那個一同錄影的女藝人放冷箭：

『眞不知道她在紅什麼。』我確定她這話不是說給我聽的，但她就是確定我會聽得到才說的。她繼續說：『她還眞把自己當成女藝人啦？打扮得那麼招搖。』

我想告訴她女藝人也沒什麼了不起，尤其是像她那樣的不是咖的女藝人，我——

我聽見另一位過氣資深女藝人接著說：

『忍一忍啦，這波素人熱潮應該就快過去了，眞懷念那段電視上只有眞正藝人的時光啊。不過……』她說，她雖然是假裝咬耳朵但卻音量故意放好大的說：『不過我看她也稱不上作家啊，她到底算什麼啊？爲什麼我們都要跟著叫她老師？』

「又不是我要別人叫我老師的！」

我想這麼吼她，她們，他們，所有人所有討厭我的人，很多人，好多人。

但結果我的選擇依舊是管他們去的直接走人。

我心情好差，我想打電話給瓏動隨便聊些什麼，可是瓏動沒有接電話。他正在工作嗎？

心情慘澹的走出攝影棚時，我並不知道今天我還沒有衰完。

我要計程車司機在家附近的河堤防就讓我下車，一下車我就看到黃美眉吐著舌頭搖著尾巴笑咪咪的向我跑來，立刻我覺得心情好過很多了。瓏動在忙沒接電話又怎樣？反正我還有黃美眉。還是狗狗靠得住，狗比男人靠得住。

拿出從攝影棚帶回來的便當，我才一蹲下打開時，附近有位正在夕陽裡散步的、一個眼袋好大的歐吉桑立刻停下動作走向我們。

『這是妳養的狗嗎？』

「不是。」

我說。他的穿著打扮看來像是就住在附近的居民，奇怪他怎麼會不知道黃美眉是就住在這附近，大家都會餵牠、摸摸牠的、很守規矩的社區流浪狗？

「只剩下白飯和一些青菜，不會太鹹。」

指著便當，我向大眼袋歐吉桑解釋。我以爲他關心的是這個，但結果不是，結果他是要我別隨便餵流浪狗。

『沒完沒了！』他說，『散步都得注意腳邊有沒有狗大便，臭死了！』他開始抱怨，『……更別提每年都會生一堆狗，發春的時候又叫叫叫的吵死了……』然後，他再一次的交代我：『別再餵牠了！』

「又不是只有我在餵。」

『就是你們這種人，婦人之仁！只管餵狗不管這裡被牠們搞得有多臭。』

然後我也火了：

「就因爲不想踩到狗大便所以牠們活該都去死？那你怎麼不也乾脆管管那些亂丟垃圾和菸蒂的混帳？」然後，我告訴他：「狗發春又怎麼樣？怎麼你這是在嫉妒嗎？」

當下我眞的不知道這句話有多傷人，當下的我哪知道他老婆已經過世好幾年。

他氣到臉紅脖子粗：『反正這邊就是不准餵狗！』

我索性也扯開嗓門：「你以爲你是誰啊？這裡歸你管是不是？你什麼資格要我怎樣！你他媽的哪根蔥？」

然後我們就吵起來了。

從：『我要叫環保局來捉流浪狗！』

到：『那你最好是晚上還有良心睡覺！人是會有報應的！』

最後我們的爭執變成是『反正這裡不准餵狗！』『你什麼資格叫我不准餵狗！』這兩句話丟來丟去的對吼互罵，只差沒有相互鎖喉兼盤腿飛踢的上演全武行。

我們忍住沒有上演全武行，我發現我們都想繼續吵下去，我懷疑這大眼袋老頭下午是不是也遇到什麼不順心的事。

直到這個時候我都還是爲自己感覺到驕傲的。

本來嘛！地球又不是只有我們人類的，憑什麼我們可以決定所有生物的死活呢？況且那麼多的人在餵黃美眉、甚至此刻放眼望去我還瞄見左前方有位遛狗的老兄並沒有隨身攜帶清理狗大便的器具，這個大眼袋歐吉桑幹什麼就偏偏針對我來找碴呢？以爲我好欺負嗎？

呸！

呸呸呸！

我承認我是藉機把下午的不開心一併發洩。

只是，下一分鐘，當有人從圍觀看熱鬧的群眾裡走出來當和事佬時，我覺得我會死掉，被糗死！

那個和事佬就是王哲修，那個醫生，那個過了好久我才終於又有心動感覺的傢伙，那個我看診時頻頻偷瞄他有沒有戴婚戒的傢伙，那個我覺得我會喜歡他、所以就乾脆避開他的傢伙，那個先是知道我有尿道炎、而這會兒他甚至還知道我很潑辣的傢伙。

他天殺的偏知道的都是我並不想被喜歡的人知道的事！

他天殺的說：

『爸，別這樣爲難這好心腸的漂亮小姐。』

他天殺的居然是這個無理取鬧大眼袋歐吉桑的兒子！

◆之二

許瓏動

『啊，差點認不出妳來。』

友慈正在模仿他當時的語調。正在轉述這對話的友慈，表情明明是想要生氣，但嘴角卻是藏不住的笑意。『妳化妝後差好多喔。』

友慈還在說著他當時告訴友慈的話，而這次的笑意少了些，不爽則是相對的增加。

『而且你們知道嗎？他居然接著就指出我沒有回去複診的事情耶！眞是、』她咗了一聲，長長的一聲咗之後，友慈才繼續又說：『眞是、跳tone耶，那是個適合聊這個的場合嗎？他的病人我才剛和他的大眼袋老爸吵完架耶。』

『所以妳不會是接著又和醫生兒子吵架吧？』

可晴問。

看來友慈是沒有告訴她、他們第一次見面的種種，每字每句，每個對峙。

化學反應，我記得友慈當時在電話裡說的是這四個字。

『當然啦，他那個大眼袋老爸正在旁邊看好戲哪、氣不過嘛我。』

『妳也不用這樣遷怒路人吧？明明就是工作不順所以——呃。』

可晴話說一半乾脆閉嘴，免得下一個被友慈遷怒的人就是她自己。

「有吵贏嗎？」

『當然。』

友慈得意的說。

那個表情又重新回到她臉上：明明是想要生氣、但嘴角卻是藏不住的笑意。

看著這樣的友慈，我眞的覺得很好玩：友慈始終不肯承認她骨子裡其實是喜歡被管被照顧的女生，她好像覺得那很丟臉。我搞不懂她爲什麼老是要給自己設限這麼多。她可能太著迷於她的兩性專家身分了。

回過神來，友慈還在說著：

『……他就說呢、所謂抗生素這東西是一定要把完整的療程吃完的，不能以爲症狀解除就擅自停藥的，否則以後身體會對抗生素產生抗藥性，而且很容易復發。』說到這、她停下來翻了翻白眼，『病人兼醫生，他又拿這話——』

「急性腸胃炎是吃抗生素嗎？應該是胃藥吧？」

『什麼急性腸胃炎？妳不是尿道炎嗎？呃……』

再一次的、友慈又用力的瞪著可晴。

我從以前就一直好意提醒友慈、她看起來就已經夠兇了、所以眞的眞的不要再瞪人比較好，或許這就是爲什麼她一直沒有男朋友的原因、而不是她認爲的不再年輕，就算是有男人喜歡她、想追她，但是一想到她是這麼的兇、當然就會大打退堂鼓。

可是每次我這麼一講，她就會反唇相譏我對女人的品味——喔、對啦，會撒嬌的女人最好命啦，只是說像你這種只追求女人外表、而且是只追求辣妹型外表的膚淺男人是沒資格說我的——她總是會這樣激怒我，接著我們就會吵起架來，屢試不爽，眞的。

不過我今天沒有心情和她吵架，我於是躲開可晴丟過來的求救眼神讓她自己去圓場。

『喔，櫃檯那邊好像有什麼事找我。』指著空盪盪的櫃檯，可晴白爛到不行的說：

『我過去看一下哈。』

可俗辣晴。

『眞難想像那差一點就是我的生活了。』

指著在借閱櫃檯裡裝忙的可晴，友慈突然有感而發的說。

本來我以爲她會拿這事藉題發揮削我幾句，於是我趕緊低頭假裝專心喝咖啡，但沒想到結果她居然沒有，結果她只是踐踐的笑，而眼底有那年我第一次見到她時的那抹不服氣。

原來我依舊還是喜歡著那眼神，和眼神的主人。

「誰曉得妳後來會這麼成功。」

『我欣賞你這句話。』

「還眞是不客氣喔。」

『一向是這樣的啊。』

「呵。」

『不過話說回來，如果不是我向咖啡社提議，這裡還眞是不會有這咖啡廳。咖啡社現在，應該都是陌生的學弟妹了吧？』

「當然哪，我們都畢業這麼久了。」

本來我們以爲畢業之後友慈會和可晴一樣選擇留在學校的圖書館工作，畢竟她們都是圖書館系的學生，而且又同樣在這裡打工了四年，尤其是友慈，雖然只是工讀生、卻已經比館員還館員了；留在圖書館當學校的職員在當時怎麼想都是明智、穩定而且又適合女孩子的工作，雖然不算是高薪的工作，但比起當時職場新鮮人的起薪而言要算是相當不錯的了。

但友慈偏偏不這麼想，友慈選擇了薪水低很多但工作時間卻相對長很多的雜誌社助理編輯。我們那時候都覺得她八成是瘋了。

但友慈卻說：

『我知道我自己在做什麼，我知道我追求的是怎麼樣的人生，我已經在這裡工作四年了，我不想在這裡工作四十年，退休的時候搞不好還爲我領到的一束小鮮花之類的喜極而泣。抱歉可晴，我沒有冒犯妳的意思。』

『喔，妳最好是這樣講還能不冒犯到我。』

「好了啦、妳們。」

當時我們都不知道友慈是在堅持什麼，當時我們都沒想到友慈的堅持後來會變成那麼大的成功：她認眞工作，她捉住工作上的每一個機會、每一份遞補。她不服氣，她一步一步的走向成功。

大成功。

『不過現在想想，卻覺得那樣也不錯。』

「什麼不錯？」

『不是經常，是有時候。我強調。』友慈眼睛低低的說：『通常是失眠的時候，或者是酒喝不夠多的時候——』

「或者是月圓的時候。」

『你很煩，』她笑著瞪我一眼，『反正那種時候我躺在床上滾來滾去卻怎麼也睡不著覺就只好胡思亂想，我想著如果當初我的選擇是和可晴一樣的話，搞不好我現在也嫁了。可晴那樣其實也不錯，搞不懂我那時候爲什麼會覺得是遜掉的人生。不知道現在才覺悟會不會來不及？』

「原來妳也想要嫁給大學教授喔？」

『你白痴喔！』抬起眼睛，友慈笑了起來：『喔、對啦，其實我愛的是小紀啦！你白痴。』

「不過這話還眞不適合從妳嘴巴裡說出來。」

『什麼話?』

「想嫁人想過著平凡安穩日子這類的話。」

我說。我以爲接著會得到友慈的一頓白眼,可是結果她沒有,結果友慈卻輕聲的接著說:

『我前天失眠,居然聽林憶蓮的歌聽到哭出來。』

「喔,這句話更不像是會從鄭友慈妳的嘴裡說出來。」

『眞的啦。〈何必在乎我是誰〉這首歌你知道?』

「六年級生都知道吧。」

『嗯,我聽到哭出來。』然後,她用眼神警告我:『不可以說出去,我指的不是聽歌聽到哭出來,而是我夜深人靜失眠時熱愛聽老歌的這件事。』

「只有夜深人靜失眠時嗎?妳iPod拿出來我檢查!」

『你很煩。』嘆了口氣,友慈繼續說:『以前我聽到這首歌還會一肚子火大,什麼叫作女人若沒人愛多可悲!怎麼、就因爲一個女人沒有人愛所以她就被完全否定掉了嗎?女人的價値就只建立在被愛這件事情上面嗎?』

「唔。」

『但前天居然聽到掉眼淚，眞是心有戚戚焉。』

「嗯。」

『之前那個小開你記得？』

那個房地產小開，我記得。

想不起來是多久以前的事了，不過一兩年的時間起碼有。那時候我們還青春的沒意識到有朝一日我們也會老，那時候我們可以喝整夜的酒然後天亮時還神清氣爽地直接去上班也不成問題。

那時候知名度大開而且越來越活躍於媒體的友慈是有不少慕名而來的追求者，而追求者裡就屬這位黃金單身漢的房地產小開來頭最大。

『她有女作家的氣質，也有女明星的外表，這在一個女人的身上，是多麼難得的奇蹟。』

小開曾經這麼高調的公開稱讚友慈，我們都認爲這句話多少就是他之所以追到友慈的關鍵。誰都看得出來友慈一直想被這麼讚美，（不然她每次上節目、被採訪都那麼盛裝打扮幹嘛？）（不然她都已經那麼有錢了卻還孜孜不倦的筆耕寫稿幹嘛？）尤其是被大有來頭的房地產小開讚美。

坦率在有些人身上是好事，但在友慈身上卻反而壞了事。她太坦率的表達自己的追求，面對自己的虛榮，展現自己的不服氣，強硬而且不婉轉，這使得欣賞她的人多，但討厭她的人也同樣的多。

我們都以為友慈會就這麼風光的嫁入豪門了，每天喝著下午茶，或許還和婆婆相約去SPA，而且重點是：如此一來，她就可以順理成章的變身名媛去跑趴。但結果誰曉得他們在約會過幾次之後，這段高調的戀情卻就此不了了之；有回可晴忍不住好奇（呃……其實是那次可晴猜拳猜輸我）的問她是怎麼了分手的時候，還被友慈很不高興的發了頓脾氣指出他們根本沒交往又哪來的分手這回事！

我那時候覺得鬆了口氣，眞覺得鬆了口氣。

後來我在友慈的專欄裡推敲出答案。

那陣子友慈可以說是火力全開的痛罵貶低大女人性格的男人：沙文豬、何不滾回古代嗅小腳……什麼的。直到後來友慈還是時不時就會在專欄裡指出嫁入豪門非好事。友慈好像眞的被氣壞了。

我們不曉得小開算不算是友慈的男朋友？又或者應該說是約過幾次會的追求者？不過可以確定的是：小開是友慈最後一個約會的對象。

小開後來娶了一位氣質派的女明星，就前陣子的新聞而已。

我們都很識相的假裝沒看到那則新聞。友慈生氣其實並不恐怖，但恐怖的是她生氣的時候可不在乎此刻是什麼場合、周邊有多少路人在看、都會立刻大發脾氣。那是眞的令人吃不消。

『或許我該回去複診，王醫師的診。』

回過神來，友慈正在說。

「或許我們才是彼此對的人，我們可不可以不要再尋尋覓覓了？爲什麼妳對什麼都坦率就唯獨是感情例外？」

我在心底囉嗦了這一堆，然後卻一個字也沒說而只告訴她這個：

「前幾天小顧約我媽吃飯。」

『哇，好厲害、這小女孩。』

「妳嘴巴可不可以不要這麼壞？」

『我明明什麼都沒說好嗎？』

「對，但妳其實什麼都說了。」

『好啦。』她得意的笑了起來：『然後咧？』

「然後她說是想要送我媽母親節禮物。」

『哇，好厲害的小女孩。』

「喂！」

『哈～～』

她笑得更得意了，她甚至轉頭對著正朝我們走來的可晴轉述了剛剛的那些話。

『……母親節禮物耶！妳瞧瞧她，這麼用心啦。』

『她送什麼啊？』

「人蔘茶禮盒。」

我沒好氣的說。果真，下一秒，她們立刻又起鬨：

『哇，看來她還是很愛你啊、許同學。』

『對啊，我都會被感動死了、許同學。』

「早知道就不要講了，會被妳們氣死。」

終於笑了之後，可晴才正經起來的說：

『想必許媽回家後一定把你狠狠唸了一頓吧？』

「對啊，我才正要說。衰耶。」

眞的是衰透，我三十歲這年的母親節。

母親節那天，我照例是又幫老爸老媽拍了一組結婚照之後，才一遞上紅包時，正把小顧送的人蔘茶禮盒拆開來泡來喝的老媽就分秒也不浪費的開炮了。

從：『說什麼她很快就會交新的男朋友，結果咧？』

到：『這樣沒給個交代還把人家甩掉，要是在我們那年代，你肯定被打死還趕出村子！』

及：『也不想想你都三十歲了，你有把握還有女孩會像小顧那樣子愛你嗎？男人也是會年老色衰的喔。』

還：『是不是因爲工作沒什麼前途就缺乏自信不想定下來？』

又：『不然這麼好的女孩你幹嘛要放掉？對她你到底還有什麼不滿意的嗎？』

忍受到這裡的時候，我是眞的很想告訴老媽、我始終忍著沒告訴小顧的眞正分手理由：如果只能二選一的話，我不會爲了友慈而選擇她。我眞的很想一吐爲快每當我遇到一個女生、一個可能的戀愛對象時，我總會首先在心底問自己：她值得我放棄友慈嗎？因爲我很難不去發現到，每當我開始和某個女孩約會時、每當我有可能變成別人的男朋友時，友慈就會開始巧妙的疏離我！

但是我沒說，我是眞的很想說但我還是忍住沒有說，無論是現在，又或者是和小顧提分手時，尤其是面對老媽時。

想也知道如果我對老媽據實以告的話，那對話又會被導向何處。

從：『既然那麼愛她，那你就去追她啊！』

到：『什麼叫作配不上她，那你就好好認眞的工作啊！』

及：『如果你就是堅持要有一搭沒有搭的接case，那你當然就是會配不上她啊！』

還：『如果你也知道你配不上她，那你就不要再愛她啊！』

又：『那所以你和小顧繼續交往不就得了？』

眞的是有夠受不了。

「眞的是有夠受不了。」

我說。

『讓我猜，許媽接下來一定又提了開店的事，對吧？』

『第？』

「第八百零二次，從大學畢業那年算起。」

『哈～～』

第八百零二次，從大學畢業那年算起，老媽又再一次提起要我放棄攝影，開店做生意的事。

從：『那間店我們收回來不要租了，他們生意有多好你又不是不知道。』

到：『大阪燒你曉得？不然乾脆花筆權利金把他們頂下來好了。』

及：『你當廚師，小顧做外場，我負責收銀，你老爸補貨，一家人一起工作不是很好嗎？』

還：『其實我都已經問好了，剛好他們有想要頂讓店面、回日本專心待產生小孩。』

又：『一百萬而已，你老爸也說可以，還有，小顧那邊也很有興趣。』

聽完之後，友慈說：

『爲什麼不要？你不是很喜歡下廚嗎？』

『是啊。』可晴接著也說了：『而且許爸許媽也順著你這麼多年了，或許這次該換你聽他們的話了。』

「可是我就是不要啊。」我說：「我是沒賺多少錢，可是這樣就已經夠了啊。我又沒有向他們伸手拿錢。」

『你會覺得夠了是因爲你吃住都在家裡。』友慈說。

又來了！我發誓如果她這次再跟我扯什麼三十歲還和爸媽住就代表這個男人不成熟不可靠不值得交往什麼什麼的屁話時，我一定要和她吵架，而且我還要把手中的咖啡飛到她臉上去！一定！

但是結果她沒有，結果她理智的分析：

『不一定要把興趣當工作啊，攝影依舊可以是你的興趣啊。』

『不是每個人都有那份幸運、能把興趣當工作的。』

指著友慈、可晴說，而友慈聽了則是低頭假裝喝咖啡，她看出來可晴這話說重了，但結果她卻還是忍不住的嘴巴賤：

『嘿，妳這樣就太不夠朋友了，朋友是知道什麼該說什麼不該說的啊。』

「嘿！妳們眞的很看扁我。」我氣不過的說：「妳們有沒有想過，可能我是眞的有才能的。妳們曾經認眞的看過我的作品嗎？」

『不就是一堆大腿屁股還有奶的辣妹們嗎？』

『別這樣，他後來也有拍好幸福的婚紗照。』

所以我還是說了：

「我可能有機會到紐約去工作。」

『咦？』

『什麼工作？』

「劇團還什麼的隨隊攝影師。」我知道還不該說，但我就是氣不過的說：「雖然還不確定，不過這世界上還是有人欣賞我的攝影才華的。」

『哪來的這機會？怎麼會找上你？』

如果不是友慈這麼問的話，本來我是打算說到這裡就好的；如果不是友慈這語氣太欠揍的話，本來我是還猶豫著該不該寄出作品集的。

我那天晚上回家的第一件事就是把作品集寄出。

「我的伯樂回來了。」

我說。

而她們沉默，可晴的沉默是是專注著回想誰是我伯樂，而友慈的沉默則是表示她想起我的伯樂是誰了。

『你拍的照片有生命力，或許你不該只是把攝影當興趣。』那年，苡詩就是這麼告訴過我的。『我可以幫你介紹雜誌社的外拍工作，你有興趣嗎？』

「苡詩回來了。」

在長長的沉默之後，我告訴她們，我還是告訴她們了。

接著我得到的回應是，更長一陣的沉默。

好個不意外。

第三章

◆之一 鄭友慈

苡詩回來了，當然。她倒是曾經離開嗎？

盤腿我氣呼呼的坐在沙發上，左手我悶悶不樂的胡亂按著遙控器，右手我忿忿不平的把品客洋芋片一片接著一片送進嘴裡開懷大嚼。太棒了，我明天會虛胖兩公斤然後還長痘痘長死。

那又怎樣？

「那又怎樣？」我吼著，「左撇子本來就比較聰明，我才不管別人怎麼說！」

對著電視我開始開吼了這麼一堆，我不知道我發神經的吼這麼一堆幹什麼，我只知道我是需要隨便吼個什麼來轉移注意力。這苡詩，這皮膚好到怎麼糟蹋都不會長痘痘的苡詩，不像我、花了大把銀子大把力氣的保養才能維持著這樣。

這左撇子苡詩！

「都是我爸硬是把我改成右撇子！說什麼吃飯手會和旁邊的人撞到，屁話一堆簡直是！去他媽的上校又怎樣！專制強勢又霸道！」

吼著吼著我突然開始解釋了起來，跟空氣解釋，也跟電視解釋，我不知道我解釋這個幹嘛，但反正我就是解釋了起來：

「專制強勢又霸道，脾氣壞得要命！我不是在說我自己是在說我爸！是怎樣？我是他女兒又不是他部下！」

我想繼續吼，我甚至想打個電話給老爸親自吼給他聽然後大吵一架。但沒用，我發現我還是忍不住開始檢查起電視裡有沒有苡詩的臉。或許我該吼吼眼前這個講話老是在嘟嘴裝可愛的女演員。

「都幾歲了！呸。」

苡詩算來今年應該已經四十歲上下了。好老喔，哈哈！

我放聲大笑，我想要放聲大笑。

對！她現在的模樣一定又老又胖又滄桑，美女老了都這樣！上帝是公平的，呀比！

哎～～我好空虛。

我笑不出來，根本笑不出來，連假裝開心、幸災樂禍都很難，我難過死了，難過得想要放聲大哭。她會老到哪去胖到哪去滄桑到哪去呢?她一定是像我媽那樣，年輕時是個美人胚，中年後依舊魅力不減的讓路人對她吹口哨，儘管她已經是兩個孩子的媽!我怎麼也忘不了國中時、高中時甚至是大學時和我媽一起出門的每個畫面，每次被路人搭訕吹口哨的人都是她，我媽!

我媽比我美，喔、太好了，我要去喝醉。

搖搖晃晃的我走向冰箱拿出今天醒來之後的第七罐啤酒，走回客廳時我看見沙發的角落還躺著小顧要送給瓏勳的那張唱片，我突然眞的眞的覺得它懂我，因爲我們同樣都很孤單，孤孤單單的被瓏勳擱在角落裡看也不看一眼而且還懶得帶走;我突然想打個電話給那個沒見過面的小顧，我想告訴她、瓏勳會和她分手的原因不是什麼感情淡了或者工作不穩定所以不想要結婚，也不是什麼與其說了讓她難過所以乾脆就選擇不說算了的分手原因。而完完全全只是因爲苡詩回來了，原來是這樣!原來如此!原來是他的女神回來了!

我要瘋了我。

苡詩回來了，這是什麼話?狗屁不通又沒邏輯得要命，因爲她從來就沒離開過不是嗎？就像〈心動〉那首歌唱的，什麼總是想再見你，還試著打探你消息，原來你就住在我身體，守護著我回憶。哦～眞他媽的，爲什麼我以爲會覺得這首歌好好聽呢？因爲它明明就是這麼可惡得要命！就像那個可惡的許瓏勳，那個深愛著苡詩的可惡許瓏勳，那個被苡詩甩掉之後，也不管我們陪他灌了多少失戀酒、說盡多少安慰話，接著這麼多年的時間過去，依舊只是苡詩回來了苡詩勾勾手他就立刻又變回那個好聽話的小男人說不準還搖著尾巴追在她的屁股後面跑來跑去許瓏勳！

眞他媽的許瓏勳。

那是我們二十歲那年的事，我記得。

那陣子我們三個人已經時常玩在一起了，那陣子瓏勳已經和可晴分手，那陣子可晴也已經和他的好朋友分手，那陣子我們三個人都單身。

那陣子我以爲我們相愛。

會相愛。

那是我第一次愛上瓏勳。

變熟之後我逐漸發現到瓏勳其實並不是外表看起來的輕浮花心，而且不再否認他確實是個好看的傢伙還有個高大的外表，不是典型的帥哥長相，不過眞的是個好看的男生；逐漸變熟之後我發現瓏勳對朋友很好，他重感情，他脾氣溫和，而且他度量寬大，對於可晴以及那位朋友的背叛他的態度不是口出惡言卻是祝福，對於他們之後的分手他也不會利用機會幸災樂禍、趁機冷言幾句，如果換作我是他的話就會，我很小心眼我承認，從不否認。

在那我們三個人不約而同都單身的短暫時光裡，雖然一方面我多心的認爲他有可能會和可晴復合也不一定，但是另一方面卻又無法自拔的察覺到他好像正喜歡著我，他常常不經意的摸摸我的頭，他要我教他騎打檔車，他騎車的時候會幫我戴好安全帽，有幾次回家時下雨他還會先騎車回家再開車過來接我，這所有的一切就像以前他對可晴那樣；他那時候只對我那樣。

後來瓏勳開始開車之後，他會要我坐副駕駛座，並且儘管再不順路、他依舊會先送可晴回家再送我，那是我最最喜歡的時光，在三個人的聚會結束之後、只有我們兩個人在車上聊啊聊的時光，那夜裡獨處的時光，那眞的眞的會在心底希望著可不可以不要結束就這麼讓車一直開下去的美好時光。

捨不得結束的美好時光，只屬於我們兩個人的美好時光。

決心要確認這段感情的關鍵點是那時候可晴開始和小紀交往，那時候小紀還只是我們學校的客座講師還不是教授，不過反正這不是重點，重點是我決心想要確認這段感情，我想要坦率的承認是的我愛上你了，我於是在簡訊裡傳了這個訊息給瓏勳，因爲再不說出口的話我覺得我就要發瘋，我不是那種可以暗戀男生的女生，我那時候以爲我不是。

我後悔傳出那個簡訊。那時候瓏勳已經和苡詩交往，一見鍾情，天雷地火。就在同一天，我傳出那個簡訊的那天。

『我有個朋友待會也會來。』

瓏勳笑嘻嘻的說，他看起來完全就是個熱戀中的男人。

那天是我們第一次見到苡詩，我們三個人的聚會，他邀了苡詩過來，苡詩比他先看到那封簡訊，因爲他的手機放在苡詩那裡忘了帶走；當我親眼看著他從苡詩手中接過手機查看簡訊時我是眞的想死。老天爺，那時候我被大凱劈腿時都還沒有那麼傷。

我當下覺得自己好像被打了一個耳光，狠狠的被打了個耳光。

那天之後我告訴瓏勳那是傳錯對象的簡訊，接著我看見他露出鬆了口氣的表情，天曉得當下我是怎麼忍住沒有狠狠地踢他的屁股。

眞想踢他個狗吃屎。

我不知道這樣算不算是背叛，畢竟我們只是曖昧我們沒有眞正交往，而且是我遲鈍的沒有發現到那陣子瓏動逐漸的消失在我們三個人的聚會，但我以爲他只是忙著打工；我遲鈍的沒有發現他不再開車接我回家，但我以爲——哦、去他媽的！我還在幫他想理由找藉口？

我不懂爲什麼那時候可晴和他的好朋友聯手背叛他時、他是怎麼忍住不破口大罵飆髒話的。

那年我們二十一歲，我記得。

天哪！九年了。我眞的是愛了這傢伙好久。太久。

我要再去買酒喝。

沒出門我還眞的都不曉得現在已經是黃昏了，天啊，瞧瞧我被氣成什麼樣，醒來後只曉得快快衝去開冰箱拿啤酒喝，氣到都忘了要把窗簾給拉開。

氣。

懷裡我抱著半打啤酒，手邊我提著從自助餐廳裡買來的燙青菜便當，我準備走到河堤邊的小公園餵黃美眉吃晚餐。還是黃美眉忠心，白天不管牠蹓躂到哪去，黃昏時總不會忘記回到公園來找我，更別提是念念不忘舊情人。

呸，呸呸！

不過這會兒打開便當抱著膝蓋陪黃美眉吃飯時，我突然覺得有個什麼不太對。

「喂，妳！肚子怎麼又大大啊？不會是又懷孕了吧？」

我問牠，而牠笑咪咪的搖尾巴。

「不是吧妳？春天不是才剛生完嗎？怎麼這會兒才夏天耶！」我狐疑的盯著牠肚皮：「還是肚子裡長蟲蟲啊？」

牠依舊搖著尾巴細細品嚐這燙青菜便當。黃美眉走路秀氣而吃飯也是，每次看著牠無論是秀氣的吃飯或者慵懶的攤開肚皮曬太陽時，總能夠讓我的心情慢慢變好。

「嘿，我說妳啊，我帶妳去結紮好不好？獸醫院我都問好囉。」輕揉著牠的耳後根，我繼續分析這道理給牠聽：「不然每次生完小狗又被抱去丟掉，妳又要再傷心一次不是嗎？反正妳也生夠了嘛！我才搬來多久啊？妳就生了幾次囉？」我拍拍牠的頭：「只是說我要怎麼帶妳去獸醫院啊？計程車肯載流浪狗嗎？」

『需要幫忙嗎？』

喔，不妙。我身後有個男聲問我，而我認得這個聲音。

「牠被你嚇跑了。」起身指著跑掉的黃美眉，我試著鎮定的告訴他：「狗狗吃飯的時候不能靠近牠，這常識你不曉得嗎？」

『我現在曉得了。但我想這是因爲牠心虛，因爲我剛剛餵過牠了。』

「……」

『妳和牠說話比對我還友善耶，這點我羨慕牠。』他笑著說：『妳說牠的名字是？』

「黃美眉。」

我沒好氣的回答他。我發現雖然這次和我們第一次見面時一樣，我穿的也是寬鬆的家居服而且這次胸口處同樣也有咖啡漬（實不相瞞就是同一件家居服，哈哈！），而且處境也同樣的很糗，差別只在於第一次遇見他時我尿道炎，第二次情況好些、因爲那次我剛錄影完所以有盛裝打扮，但還是同樣的很糗，因爲我正和他的大眼袋老爹互相叫囂，而這一次我則是被他撞見正在詢問狗的意見；但不曉得是不是酒喝太多所以很放鬆的關係，這一次我雖然覺得也是很糗但詭異的是我發現我完全不在乎這次的糗。

「不會是又特地跑來警告我這裡不准餵狗吧？」

『那是我爸不是我。』他還是笑：『妳好像眞的很愛牠？黃美眉？妳是這樣叫牠的？』

「牠很乖很守規矩也很愛乾淨，可能以前是有人養的狗吧，後來因爲懷孕所以才被載來這河堤附近丟掉的吧。」

我解釋，可是我搞不懂我跟他解釋這堆幹嘛？他爸不是很討厭狗還叫我不要在這裡餵狗嗎？

我告訴他：

「我們沒有權力傷害誰，就算對象是隻狗！」

喔，好。下星期的專欄又有內容了。

「對，我是給牠取名字而且我還問牠可不可以讓我帶牠去結紮而且我就是不要回去複診也不要明明症狀已經解除卻還是得吃抗生素！怎樣？」

『喔，妳比我想像的還潑辣。』

我以爲他會這麼說，我等著他這麼說然後得以繼續吵下去，可是結果他不是，結果他說的是：

『很好啊。』

他說，他聲音聽起來很尷尬，但謝天謝地不是害怕。

『反正抗生素有很多種，大不了下一次換開別種抗生素就是了，不過還是希望不要再有下一次，所以妳切記要多喝水還有別憋尿這才是重點。』然後，話鋒一轉，他說：

『妳知道從那天之後我每天黃昏都跑來這裡散步嗎？』

呃……我是不是酒喝太多了所以此刻覺得有點昏眩？他等我？他跑來等我？等這個第一次見面他知道我有尿道炎第二次見面他看見我正在吼他爸第三次見面我不但正在問狗意見而且對他依舊很不友善的我？

他怎麼了？他還好吧？

『妳住這附近？』

是不是因爲他用問診的語氣問我，所以我才楞楞的回答？

我回答他：「呃……對，去年才搬來的。」

他聊了起來：『喔，是不是去年完工的那個新大樓？什麼河景飯店式單身精品小豪宅的？』

「呃……對。」我依舊楞頭楞腦的說：「因爲我選擇的是面向河景那一戶，所以單價比較貴。」然後我還多此一舉的說：「不過我沒有辦房貸，雖然我的會計師說這樣可以節稅但我就是不喜歡有房貸因爲每個月要付房貸的話我會開始憎恨我的房子，那既然如此的話我又幹嘛買房子？除此之外那次的對話我好像還酸了我的會計師幾句。」

我不知道我說這一堆幹嘛？但我就是不由自主的說個不停；我希望我能夠閉上嘴巴立刻走人別再糗下去但我就是停不下來的繼續又說：

「我是存夠錢才買房子的，我的理專一直說我這個人理財太保守可是那又怎麼樣？結果證明我是對的不是嗎？起碼這次的金融海嘯——你可不可以好心點叫我閉嘴？你看我一直這樣廢話連篇的好嗎？」

他叫我閉嘴，然後，是的，我們相視而笑。

我們笑了起來。

『王哲修。』

「我知道。我查過。」

我替自己感到驕傲我有把這句話憋住而沒有說溜嘴。

我詛咒我開始在腦子裡回想他今天晚上有沒有門診？我們的對話會不會因而就此打住？

他今天晚上沒有門診。

「鄭友慈。」

我說。然後我習慣性的伸出手來同他握手，然後直到這一刻時，我又覺得糗了。

他盯著我手上的這半打啤酒。他臉上的微笑很欠揍。我幾乎就要落荒而逃了；但是還好我沒有，可能眞的是因爲酒喝太多很放鬆的關係，所以這會兒我沉住氣，我聳聳肩，我告訴他：

「偶爾是需要這樣的。心情不好。」

『偶爾。』

他重複我話裡的這兩個字，他看起來好像鬆了口氣。

『不過一口氣喝六罐還是太多了。』

「……」

『嘿，我開玩笑的。需要我開一些治療幽默感的藥給妳嗎？』

「很難笑。」

我笑著告訴他。他對我有好感，這是我微笑的主要原因。

把黃美眉吃剩的便當盒撿回帶走時，我聽見他說：

『嘿，這不是在說我很忙的意思，我沒有很忙也沒有很閒就是剛剛好這樣。不過每天黃昏跑來這裡假裝散步但其實是想賭賭看妳會不會出現實在也不是個聰明的辦法，我的意思是——』

打斷他，我笑著調侃他：

「沒想到你也是那種能夠一口氣說長句子的人嘛。」

『大概是被妳傳染了。』他擺出求饒的表情，『我已經起碼十年沒追過女生了，更別提十年前也沒什麼追女生的經驗。我現在是眞的很緊張。』說完他立刻鬆了口氣，『再加上妳又滿兇的，而且還不聽醫生的話回來複診。』

我沒理會他後面的那段話，因爲我只注意他話裡頭的這個字眼：

「追？」

『是的，追，或者這方面的意思，更浪漫或更感人的什麼字眼都可以。』我看到他耳根子紅了，『追，我只說得出這個字，沒辦法，我是醫生嘛。』

「這個字眼倒是就夠了。很精準，不愧是醫生。」

我發現調侃他眞的很有趣。

『妳單身嗎？我注意到妳沒戴婚戒而且總是一個人出現。』

「是的，我單身。」

而且我單身很久了。但我想這事還不需要讓他知道，我不想操之過急，而且我也想給自己留點面子、畢竟。

『嗯，看來這是個好的開始。』

「呵。」

『那，希望妳不會因此覺得我很急躁或隨便，不過我們可以一起吃個晚飯嗎？』

「現在？」

我很猶豫要不要跑回家換衣服？

『我不想太急躁以至於把妳嚇跑，不過、對，現在可以嗎？』他解釋：『除了今天之外，我這星期都得值晚班。』

我猶豫不決要跑回家換什麼衣服才好？我們會去哪裡吃晚餐？穿牛仔褲就好還是穿洋裝呢？我是不是還該化個妝？我有辦法在這麼短的時間之內就把假睫毛戴好嗎？

或許是把我的沉默誤認爲是拒絕，於是這會兒他再一次的解釋：

『但我還是得再強調一次，我不是急躁或者隨便的男人，只是我已經起碼十年沒追過女生了，而且十年前也沒什麼追女生的經驗，只是我眞的沒有把握下一次還能不能再遇見妳，畢竟每天黃昏跑來這裡——對，我也是個能夠一口氣說一長串話的人，這點妳已經知道了。妳確定不要叫我閉嘴嗎？我這樣一直廢話下去好嗎？』

然後我就笑了起來，我想我是眞的會喜歡這傢伙。

「好啊。」

我說。

看來這是個好的開始。我想他說得沒錯。

◆之二
許瓏勳

『帶妳去吃古早味的爌肉飯？這還眞是個好的開始咧，哈～～』

友慈才說完，可晴就立刻扯開喉嚨哈哈大笑。我不覺得第一次約會去吃古早味的爌肉飯有什麼好笑的，我覺得可晴笑得誇張也太故意。她是故意笑給我看的。

她們是故意的。

我實在搞不懂女生幹嘛要這麼重視第一次，第一次的約會、第一次的牽手還有第一次的親熱什麼的，這有什麼好紀念的嗎？第一次和下一次更甚至是每一次不是都一樣嗎？到底有什麼不一樣呢？尤其是一生一次的這種商人說法，眞的是會被煩死。

這兩個女人也煩死我，這兩個女人還就著這話題繼續說：

『笑吧妳笑吧。』友慈又氣又笑的說，『什麼陪著他一起長大的爌肉飯老店，眞是夠了！那不就還好我那時候忍住沒有說要回去換衣服啊，呿～～』

『果眞是不耍花招的務實派可靠醫生哪！許同學你說對不對？』

「嗯。」

『他今天幹嘛一直要悶躲在廚房啊？』

『許同學你不是一直嫌棄我的廚房太小太沒感情，這種只用來煮開水和洗杯子的空間姑且只能稱之爲是茶水間而不配叫作廚房嗎？你今天倒是幹嘛一直和它黏在一起培養感情啊？』

「吵死了、妳們。」

最好是問得這麼故意、這兩個女人。

早在聚會的一開始我就有話想說了，我想告訴她們關於苡詩以及苡詩邀請我到紐約去隨團工作的提議，可是她們不想聽，光是聽到苡詩這名字就連聽也不聽；儘管這對於我的人生會是個重要的轉折，但她們卻不理性的連聽也不肯聽、只因爲這和苡詩有關！她們於是就只想聊那個醫生，還有爌肉飯，陪著那個醫生一起長大的古早味爌肉飯！

朋友是這樣當的嗎？

早先坐在沙發上看著她們一聽到苡詩這兩個字就不約而同把臉轉開的這兩個女人時，我還賭氣的告訴自己：好！妳們不想聽就不要聽！反正我還是可以把這個攸關我人生的重大決定找別人談去！

接著我拿出iPhone開始撥啊撥，從興致勃勃的撥啊撥變成是百般無聊的撥啊撥，因爲我有點難過的發現到我手機的通訊錄裡是有好多的名字代表著好多的朋友，可是在這些我會稱之爲朋友的名字裡，有一大半只是儲存下來好在接電話時知道對方是誰以免失禮，而剩下的部分則是儲存下來以避免誤接對方的來電——就例如小顧，又或者那些約會過一兩次立刻就發現彼此並不適合但她們好像沒有發現我們並不適合的女孩們——我難過發現到我經常撥出的電話、也可以說是唯一會撥出的電話居然只有這兩個女人還有我爸我媽和我姐。老天爺！這麼多年來我眞正能算得上是朋友、也眞正能夠說得上話的朋友竟然只有她們兩個！而、更老天爺的是，這麼多年來我居然還覺得這樣就夠了，而且是很夠了！

老天爺！

我就只好悶悶的去到廚房把剩下的吐司都切邊。

我最近有點愛上做三明治的意思。說來這都是被小紀影響的，那天小紀興致勃勃的網購了一盒聽說很有名的冷三明治回來，當我們打開來一看時，我還覺得有點納悶這不就是很平凡的三明治嗎？三明治本身也只是簡單的吐司夾著火腿和蛋然後淋上甜甜美乃滋、這樣而已，這有什麼好特地團購的嗎？然後一咬下去的瞬間，我的味蕾卻立刻甦醒過來，我十分確定我只吃過熱熱的烤三明治，但不知何故的在那當下我就是有種和老朋友重逢的記憶感。

懷念的老味道。包裝盒上是這麼寫著的。

我於是就開始愛上做三明治。

如果隔天早上沒有案子的話，夜裡我就會去到廚房做不同口味的三明治讓他們隔天當早餐吃，我發現一塊一塊把三明治工整的切好這動作很能夠讓心情平靜下來，思緒也因而清晰起來。連今天我們三個人的假日聚會我也依舊做著一口三明治讓她們當午茶點心配咖啡享用。

而這會兒我也站在廚房裡切著一個又一個的三明治放進冰箱預備當友慈下星期的早餐，算算份量可能連宵夜也得吃才能吃得完；一般人照這吃法可能都會覺得膩，就好比說是我、又或者悔不當初買了那盒冷三明治回來的小紀，但這兩個女人最大的優點是雖然她們寧願掃廁所也不肯下廚，但對於食物倒是沒話說的不囉嗦也不挑嘴：別人做什麼、她們就吃什麼，一點意見也不會有，而且重點是她們絕不浪費食物。

這大概算是她們唯一的優點吧。哈哈。

『不會吧？他這陣子眞的跑去住妳家喔？我還以爲他那時候是問好玩的咧。』

『我們家。』可晴糾正她，然後說：『反正小小紀現在還是跟我們睡，所以房間空著也空著嘛。』

『也是啦，只不過、小紀知道他是妳前男友嗎？』

『前前男友。』可晴再一次的糾正他，『當然不知道，而且實不相瞞，妳不說的話、我自己還眞的是都忘了我們曾經交往過，哈～～』

「說得好。」

『他躲許媽躲得這麼徹底喔？』友慈大呼小叫了起來：『不過就是開個店嘛！有那麼可怕嗎？大阪燒明明就——』

「明明就是我家在施工裝潢，因爲很吵所以就先出來住好嗎！」

『哈～～妳看他啦、黃同學，費勁解釋的咧。我知道啦、許白痴。』

「妳才鄭白目咧。」

『吼、你們兩個，加起來都六十歲的人了，拜託對話成熟一點好不好？很吵耶。』

『這樣說來，再過幾年，我們三個加起來就是個百年人瑞了。』

『快別聊這個了、眞可惱。』

可晴快快的轉移這個她自己開的話題，她立刻把話題轉到我身上來。就知道。

『欸，妳知道嗎？這小子眞的是欠揍耶。這次許姐姐期待好久終於找到滿意的設計師把她的房間著著實實裝潢一番，結果這小子知道之後的第一個反應居然是——』可晴模仿我當時的語氣和表情：『妳不會是要一直住在家裡吧？』

『眞的是很欠揍沒錯。』

「喂！我只是希望我姐可以嫁出去好嗎？」我解釋：「不然她老了以後怎麼辦？」

『講得好像你會結婚一樣。』

『吼！原來是這樣！』友慈突然轉過頭來狠狠青我：『難怪我當初買這房子時，這小子就問我：妳確定只買一房一廳嗎？』友慈的眼裡簡直就要噴出火：『我當時還以爲他的意思是三房兩廳比較好轉手什麼的，可是我房子就是買來給自己住又沒有打算要賣人。』她邊說邊拿面紙盒丟我：『原來你那時候是這意思！許—瓏—勳！許他媽的臭瓏動！』

「喂！本來就是啊，人還是結婚的比較好吧？不然老了一個人怎麼辦？當獨居老人很可憐吧？」

『喔，帥啊。此話一出、你們兩個有得吵了。』

可晴以一種看好戲的表情開始對錶計時。

「喂！我又不是說女人，我說的是人，指的是男人和女人。」

她還是持續往我這裡扔東西。

「鄭友慈妳不要鬧了喔！我手上拿的是刀子喔。」

『你有種把刀子飛過來啊！』

『喔喔，原來我和小紀吵架是這畫面。』

她變成是拿東西丟可晴。

『欸，眞的啦。』可晴依舊不爲所動的煽風點火：『如果你們兩個四十歲都還單身的話，就乾脆結婚算了啊。』

「四十歲?!」

『四十歲?!』

我們會到四十歲都還單身嗎?在別人看來、我們是會一直單身到四十歲的人嗎?

『嗯啊，四十歲。你們難道沒有發現這年代的適婚年齡已經悄悄變成四十歲了嗎?』

友慈看起來嚇了一大跳，我想我此刻也是，就唯獨可晴她眼睛突然亮了起來：

『喂喂!這是不是好適合拿來當妳專欄的題材?』

『妳自己去寫。』

『又沒有人找我寫專欄。』

『那妳就閉嘴。』

『或者上節目聊嘛。』

『妳走開啦。』

『呿。』

過了好一會，友慈回過頭又說：

『我才不要嫁四十歲的男人咧!』

「我也不要娶四十歲的女人啊。」

『喔喔，那你們的言下之意是今年就結婚嗎？』

『拜託喔。』

「幫幫忙。」

『眞的啦、你們。友慈那麼會賺錢，而瓏動你那麼會持家，你們兩個眞的很一對耶！』

好厲害、這可晴，都已經被友慈掐住鎖喉了，還能硬是繼續說：

『鄭同學妳不是兩性專家嗎？不是走在時代尖端的新女性嗎？本來就更應該為這女主外男主內的新風潮以身作則啊！瓏動你乾脆今天就直接搬進來啦。』

『才不要。』

「殺了我。」

『不然妳要持家嗎？』她問友慈，而友慈裝作沒聽到跑去開紅酒。

『還是你要賺錢嗎？』可晴問我，我不理她，低頭繼續切三明治。

『好啦！嚇你們的啦！又不是只有這兩種選擇，哈～～笨死了。』

捧著三杯紅酒，吞了更多的一口三明治，此刻我們重新坐回沙發上，聽著可晴說：

『我最近觀察到，我身邊三十幾歲的女人，很平均的分爲三種：沒結婚的，結婚的，還有離婚的。』

『有多平均？』

『就像妳現在中分髮型那樣的平均。』

『妳很煩。』

友慈跟著也說：

『我最近也觀察到，會在三十歲之前就結婚的人，對象通常是學生時期就開始交往並且一直交往著的情侶。』

『就像我和小紀？』

『嗯哼。反之呢，如果和學生時期的戀人分手就這麼單身步入職場啊——』

『就像妳介入主管的婚姻？關係結束之後還取代他的工作？』

『我要說的明明不是這個好嗎！』

『哈～～』

「就像我們兩個？」

『這才是個像樣的回答嘛！黃同學妳也多學學！』

『那……』

我把耳朵放空、聽著她們兩個往下扯去，而腦子裡我想起苡詩，或者應該說是：我和苡詩。

我想起數不清多久以前，友慈曾經問過我的這段話：

『你有沒有想過，如果不是遇見苡詩的話，你會過著什麼樣的人生？』

當時爲什麼友慈會突然這麼問的時空背景、我已經忘得差不多了，只記得她當時八成是想要把對話導向：如果沒有遇見苡詩，我的人生就會過得更好。

我當時沒有思考這個問題，因爲接下來我們就吵了起來，什麼叫作好的人生？我們吵的點是這個，不是苡詩。

那時候我應該是和苡詩分手很久了，可是卻依舊很傷心。

如果不是遇見苡詩的話，我會過著的，是什麼樣的人生？

抽菸。

眞好笑，我首先想到的居然是這個。不過確實我是因爲苡詩才開始抽菸的沒錯，在此之前，我甚至是個拒吸二手菸的人，我家老爸總是在客廳裡邊看電視邊抽菸的這壞習慣老是把我氣得半死；想來也好笑，愛情原來會把一個人改變得這麼大。和苡詩分手之後，每每我也想過要戒菸，尤其是當友慈一臉嫌惡的瞪著我抽菸時，尤其是當友慈堅決表示她絕不和抽菸者交往時，可是不知怎的、總也只是想想而已，眞的是需要個動力吧、我心想。不是戒菸這回事，還包括我的人生，包括我一直毫無起色、有一搭沒一搭的攝影事業。

可是到底什麼才叫作好的人生呢？賺很多錢？結婚生子？忙得要死？晚上和名人約去夜店喝酒？

但我就是很滿意我這樣的生活啊，做我喜歡的事，賺我足夠的錢，和爸媽住在一起互相照顧，每周和這兩個女人見一兩次面，偶爾想著應該要交女朋友但總也只是嫌麻煩的想想而已，這樣的人生不好嗎？妨礙到誰了嗎？

或許我眞的是個胸無大志的男人吧。或許我和友慈眞的是一對，好個互補的一對。

「我去陽台抽菸。」

『喔。』

攝影。

當然，首當其衝的絕對是攝影沒錯。如果不是苡詩的建議，從來我也沒想過要把對於攝影的興趣當成職業。那麼如果不是當專職攝影師的話，我會從事著什麼樣的工作呢？

體育台的新聞主播？呵、對，我曾經一心想要成爲體育台的新聞主播，而原因說來也眞簡單，除了體育和攝影同樣是我熱衷的興趣之外，當體育台的新聞主播搞不好就能和王建民變成好朋友還把酒言歡談論他的伸卡球、這畫面讓我覺得很嚮往啊！

喔、不，那時候王建民還沒上大聯盟，到底去了大聯盟沒有也還是個問題，而且那時候我迷的是NBA和網球；但無論如果就算我眞當上了體育台的新聞主播、結果也還是會失敗的吧？結果我會變成欠缺表現的新聞主播，幾年之後心灰意冷的接受老媽的提議開店賣大阪燒或者三明治吧？而且還好用心的給我的大阪或三明治拍照片排版作菜單。

我嚴重欠缺友慈對於成功的意志力以及追求高調的勇氣、我心想。

套句她常說的話就是不求上進這四個字，可是人生眞的不是只有工作啊！像電視上、這世界上的那些人爲了名利而爭得你死我活、鬥得失去自我就眞的算是好人生嗎？如果人終有一死的話、如果人生不帶來死不帶走的話，那麼爲什麼我們不選擇安安穩穩、平平淡淡的過好每一天：和喜歡的家人朋友和戀人相處，吃喜歡料理，做喜歡的事情，不做壞事也儘可能不給別人添麻煩，這樣就好呢？

『喂！菸抽完順便去買咖啡啊。』

「喔。」

結婚？

有可能。或許我會和學校的某個女生（搞不好就是友慈）熱戀然後交往，接著雖然感情淡了或者昇華成爲家人朋友，但因爲想不出理由分手、也懶得再調整自己去適應新的戀人而就這麼步入婚姻吧？就像友慈說的那樣：所有會在三十歲之前結婚的人，對象通常是和學生時代就交往著的戀人。而接著在三十歲之後呢，搞不好我們會因爲某種原因（暫時想不出來什麼原因。）（常吵架？），從可晴口中說的那三分之一變成另一個三分之一之後，而四十歲的時候——

喔、不，等一下，假設這個假設成立的話，那麼友慈還會過著現在的這個人生嗎？

所以我當時猶豫不決著結果沒追她而遇上苡詩、愛上苡詩、失去苡詩，結果反而對她是好的？

對我們是好的。我心想。因爲這樣我們就還會是朋友，不像我對苡詩，愛得那麼濃、分得那麼苦，在失去之後還見不到她。

多像友慈的原則：絕對不和前男友保持聯絡！

『既然要分手、又何必再見面？如果再見面，又何必提分手？』友慈曾經這麼說過。

『分了等於死了，死人怎麼見面？』

好狠的女人，有夠絕。

還好我們當時沒交往，所以我們現在還能是朋友。這麼想對嗎？

那麼，如果苡詩一直在呢？

「可是我就這麼毫無動力的過了三十年，這又算是什麼好人生呢？」

『你嗑藥啦？突然的說什麼啊？』

『把許瓏動的臉撕下來！你這傢伙是誰？』

呵。

「金牌一打？」

『咖啡啦！你是耳朵忘在家裡沒帶出門喔？』

『何止耳朵，腦子也是。』

『哈～～我就等著妳補上這一句。』

接著她們還眞的擊掌叫好。

無聊。

或許眞的是對的吧？我心想。

『你拿手機幹嘛？是拿鑰匙吧？我可懶得給你開門喔。』

「喔，」把鑰匙也放進口袋，我說：「我要順便打個電話。」

『給誰的電話要特地避開我們出門去打？』

可晴問。

而友慈，則是給了我一個眼神。

她猜對了，我要打給苡詩。

我需要個動力，我心想。

第四章

◆之一

鄭友慈

他打電話給我的時候，我正在進行今天的第一場演講，而我的回電他沒有接，可能是正在看診吧、我心想。低頭我看了一眼手腕上的香奈兒J12，上頭的時間告訴我空檔還有一些，於是我也撥了電話給瓏勳，其實沒什麼重要的事要告訴他，只是單純我記得他說今天會和苡詩見面，我想知道他們見面的情形如何？我想知道苡詩到底回來幹嘛找他幹嘛她要幹嘛！我都準備好了等瓏勳接電話時要告訴他、小顧送他的那張唱片他還是忘了拿走放在我家，我甚至在心底盤算好要故意讓這對話聽起來像是他已經有女朋友——無論是小顧還是我——的樣子、假設他此刻正好就和苡詩待在一起的話，哈哈！

可是結果瓏勳也沒有接電話。他一定是正和苡詩在一起，他們說不準再一次的情投意合舊情復燃了，他——

他居然一直在通話中，當我再打瓏勳電話時。

「你就等著再一次被那女人玩弄吧！呸！呸呸呸！」

把iPhone丟回包包裡，我走向我的第二場演講，今天演講的主題就是《別愛舊情人》，哈哈。

結果等到我接到他的回電時已經是第三場演講結束之後了，這裡的他指的是王哲修而不是許瓏勳。瓏勳那小子很少會這麼久時間不回我電話，他們不會眞的舊情復燃了吧？

算了，管他去的，那是他的人生又不是我的，不過如果他再一次的被苡詩玩弄感情的話我包準會笑死他。

我準備好笑死他。

呸。

在電話裡我聽王哲修說他本來是想約我一起吃晚餐，於是這會兒我們只好變成是一起吃宵夜；繼上次的爌肉飯老店之後，這次他想帶我去的是牛肉麵老店、眞是好個不意外，還好我有先見之明、回家先把小洋裝和高跟鞋換成白T恤和牛仔褲以及平底娃娃鞋，本來我還打算把妝卸掉重新只上個BB霜和口紅就好的，但結果想想還眞是有夠懶，所以我只是把假睫毛撕掉而已。有人會連吃牛肉麵都戴假睫毛的嗎？喔、好吧，我就是。

我還是頂著個大濃妝出現，因爲我已經遲到好久了。

走向一樓大廳時，我看見他正坐在大廳沙發上滿懷笑意的環顧四周。我問他什麼事好笑？

『突然想到這大樓剛興建的時候，我家老爸還很有興趣的打算買幾戶投資，但是等到蓋好之後廣告一打時，他老人家就立刻打消了念頭。』

「爲什麼？」

『他恨死廣告裡高格調的那一套了，尤其是這廣告在廣播裡打很兇，眞的沒誇張、他每聽一次就會不厭其煩的痛罵一次。每次看到他罵收音機畫面我都會忍不住大笑，哈～～』

「那廣告是會給人一種裝模作樣的高格調感沒錯。」我說。我想試著附和他家老頭以示好，但結果話才說完我卻還是忍不住挾怨酸他幾句：「顯然令尊痛恨的東西還眞不少：餵狗的人和高格調訴求的廣告。」

說得我是大快人心，哈哈。

『我倒是黃昏時有繞過來餵黃美眉了。』

他識相的立刻轉移話題。

『那妳還要再餵牠嗎？』

低頭看著他手指的方向，這我才弄懂他指的是我手中的三明治。

「喔、不，這是要送給你明天當早餐吃的。一次做太多了、我一個人吃不完。」

『妳親手做的？』

「嗯啊。」

當我這麼說時，我就明白自己比預期中的還喜歡這傢伙。

不行不行，假設我們會有下一次約會、開始交往下去、甚至是所謂的未來，這可眞不是長久之計。於是我還是據實以告：

「沒有啦，是朋友做的、其實。」我尷尬的笑笑，「我不愛下廚。」想了想，我補充道：「我痛恨下廚，不知何故我只要一看到刀子和鍋子都會沒來由的十分恐懼。」

『我是害怕整理行李，』他接腔的話，『連兩天一夜那種程度的行李都十分恐懼要整理。』

然後他笑了起來。太好了，我一向喜歡愛笑的男人更別提是笑起來好看的男人，我會比我預期的還要喜歡這傢伙，覺悟吧、鄭友慈。

在開車前往古早味牛肉麵店的路上，我知道他從小就在這裡長大，不過倒也是這一兩年才又搬回來住。『我可以說是看著碧潭長大的。』他開玩笑的說。還有，在這之前，他是台大學生，台大醫生。典型的人生資優生。

沒什麼好抱怨的人生。

我突然想問他年薪多少？因爲如果比我賺的少這就可以大大滿足我白痴的優越感：當年聯考我輸他，但是現在我賺錢賺贏他，哈哈！

好白痴。

「爲什麼離開台大回來這裡？」

『喔，因爲那時候我爸生病需要人照顧，因爲我媽已經過世而我妹在日本工作，所以只剩下我一個人和我爸……嗯。』

「生什麼病？」

他不是很想講，於是我只好問他爲什麼想當醫生？

『因爲考大學的時候分數剛好到，哈～』

他笑得乾脆也回答得乾脆，想再說些什麼的時候，我的手機響起，他示意我先接手機沒關係。

是瓏動那傢伙終於回電，我隨便編了個早先打電話給他的理由告訴他，接著我問他下午的見面如何？我等在電話那頭的瓏動會回答我：

『哦、那眞是糟透了，苡詩變得又老又胖又粗俗，而且那份去紐約的攝影工作爛斃了，我想我還是聽老媽的建議開家店好了。我今天晚上要把自己關在房間裡喝他個醉。』

可是結果他不是，結果他心情大好的說很不錯很順利的時候，我就發現我已經聽不下去了。我告訴他我和朋友在一起所以不方便講電話，接著我就立刻掛了電話。

我懷疑他現在會不會還和苡詩待在一起？

『妳弟喔？』

「什麼？」

『剛剛打電話來的人。』

『不是啦！我朋友啦。』而且嚴格說來瓏動還大我兩個月耶！「爲什麼說是我弟？」

『就對話的感覺囉，在旁邊聽起來很像我在嘮叨我妹的口吻——喔、抱歉，我收回嘮叨這兩個字。』

我笑著瞪他。

「我是有個弟弟。」

在古早味牛肉麵店裡，我告訴他。

「不過我們現在一年才見一次面吧？過年的時候。因爲他去加拿大念大學了，就住在我阿姨家，所以我媽時不時就會飛去加拿大看他們，幾乎都不在家。因爲我才不想大半時間都只跟我爸住在家裡，所以就乾脆自己買房子搬出來住，哈。」

『妳和妳爸處不好？』

「嗯，說來好像我和所有當爸爸的人都處不好，哈哈。沒有啦，開玩笑的，我只是單純無法接受他重男輕女的這個觀念而已。不過這也是沒辦法的事吧？他們那一代的人成長背景都是這樣。」

他同意。接著我告訴他我和我弟的相處，我承認這多少是有點故意提起好爲自己加分的。

「小時候我弟是我帶大的，因爲友善、也就是我弟，出生的時候剛好我外婆生病，我媽幾乎都在高雄照顧她。病了好幾年外婆才過世，這眞是折磨，如果可以的話我希望我能夠走得痛快些。

「這可能就是爲什麼我時常捐錢做公益吧？好幫自己累積福報。沒有啦、還是開玩笑的，當然。一手幫助自己，一手幫助別人，奧黛莉赫本曾經這麼說過，因爲我很崇拜她而且也是我覺得很有道理，所以當我自己也有這個能力之後就一直這麼做了。

「我們感情滿好的，我是說我和我弟，雖然他現在去了加拿大，但我們還是時常通電話。他高中的時候我還幫他追女生咧、好像那個女生是我讀者還什麼的。每次講起小時候都是我幫他換尿布啊泡牛奶啊拍背睡啊什麼的時候，可晴、我好朋友，都會說眞是看不出來，因爲那時候我是國小升國中吧、難道不是恨小孩覺得小孩很吵的年紀嗎？不曉得，我就是很喜歡照顧我弟。好啦、還有也很喜歡管他，哈。

「小時候我常常把我弟抱進推車裡推出去公園玩，不知道老了以後友善會不會把我抱在推車裡推出去曬太陽呢？」

我的人生眞的會走到那一步嗎？變成獨居老姑婆，還硬逼著我弟照顧我？說不準還每天跑去他家告訴他的小孩做人的道理？就像個惹人厭的煩人老姑媽那樣？

「剛剛你這麼一說我才發現，我好像也把我對友善的相處模式複製到瓏勳、我的另一個好朋友，也就是剛剛打電話來的那傢伙，以前不管我買什麼送我弟也都會同樣再買一份送瓏勳。而且他們都同樣喜歡洋基的周邊商品勝於LV，眞是什麼都不懂。而且注意喲、這兩個品味相同的傢伙可是相差十幾歲喲，哈！」

是不是因爲這樣我們才始終沒有愛成？我在潛意識裡把他當成弟弟？而他在潛意識裡把我當成姐姐？

「我就是喜歡爲別人買東西、送給他的那個感覺，我才不管別人怎麼說。」想了想，我解釋：「畢竟LV的那款側背包是眞的很好看、好看到不買不行，而買了之後才發現他們揹起來眞的是比我還適合啊，而且很多的男性精品也眞的好看又好買啊。就例如領帶夾好了，我倒是買來幹嘛咧？但我看到好看的領帶夾就是會想買，哈；還有鈔票夾也是，男生用眞的比較帥氣啊，而且和我的BV編織包又不搭。」

『所以妳是個作家？』走出牛肉麵老店時，他問我，『因爲剛剛妳說女讀者什麼的。』

「喔，我出版過幾本兩性書籍，所以好像可以稱之爲作家，只不過還滿多作家們好像都不這麼認為，他們覺得我應該算是出過書的藝人，因為我上的通告比我寫的文章還多。」

好像我只是把出書當跳板。但我不是，真的不是，可是我活動那麼多、搞得那麼忙，我哪來的時間再寫書？而且我很難不發現到作家們都討厭我，因為我太熱衷於曝光、也太努力把自己塑造成女明星的形象什麼的。我才懶得去在乎他們怎麼想。

「可是，一起上通告的女藝人又覺得我是作家不是藝人，或者是因為出過書所以常上通告的素人什麼的，隨便啦，誰管她們怎麼想。」

而且我真的是開胃了，剛才點來搭配牛肉麵的那瓶啤酒真是大大開了我的胃，我四處張望著這附近有沒有便利商店好買酒。

『妳看過碧潭的夜景嗎？』他問我，然後他立刻後悔這麼問了我，『雖然都這把年紀了……我告訴過妳了嗎？我今年三十五歲。』

「我三十歲，可是那又怎樣？」我爽快的說：「走吧。」

走吧。

碧潭和夜景，我和王哲修，還有兩瓶金牌台啤，都是我的，他不喝。

『妳好像還滿喝酒的喔？』

「好像還滿喝酒的，哈～～你這話問得含蓄，我欣賞！」我告訴他：「應該是遺傳，我老爸一向就是個習慣喝酒的人，不是酗酒的那種酒鬼，是習慣來上一杯，吃飯、睡前和口渴時，哈！高粱，這他最愛。」我又往嘴裡倒了一大口啤酒，「老天爺！爲什麼把壞習慣推給老爸這麼好玩啊？」

說完，我立刻又更正：

「不，不能說是壞習慣，絕不。壞習慣指的是會給別人造成困擾但我們不是，不酒駕不鬧事甚至也不喝到吐，不困擾別人，所以不是壞習慣。有人是藉酒澆愁愁更愁，有人是酗酒成性喝到手抖，抖掉自己的人生；但我們不是，我們只是圖個輕鬆，喝個放鬆，喝的是酒也是氣氛，愉快的氣氛。我們一向只喝得剛剛好，所以不是壞習慣，不困擾別人，不酒駕也不鬧事，也不喝掉自己的人生。」

『更不喝到吐。』

「對，更不喝到吐。」

只是會開始變得饒舌，很饒舌，好多心事想分享，簡直就是充滿歡樂充滿愛。

我想我在吃牛肉麵時就應該已經開始饒舌。

我繼續饒舌，還有，說爸爸壞話：

「但我爸不是，他總是喝過頭，他喜歡找很多朋友來家裡熱熱鬧鬧的喝酒，喝個醉，每當這時候我媽就得忙著幫他們準備下酒菜，很多很多的下酒菜，才夠他們吃吃喝喝直到醉。

「小時候我還得經常幫我媽抬我喝掛的老爸上樓回房間睡覺，長大後我開始告訴我媽拿被子下樓給他蓋、別著涼就好，或者乾脆踹醒他或者乾脆別管他，但我媽才不像我這麼壞，她就開始叫我弟幫忙抬。

「我媽是個美人胚，嘿、你別這樣盯著我的臉瞧、這沒用，因爲我長得比較像爸爸。像我媽那種長相的美女通常都任性驕縱又可惡，而且還沒有關係，因爲反正她那麼美，美得讓人願意忍耐。美人就是吃香，承認吧！這就是個以貌取人的社會，自古到今從來沒有改變過，這沒什麼好爭的。

「但我媽偏不是，她個性好得要命，溫柔又順從，勤儉又持家。她以前是個國文老師，但是嫁給我爸之後就專心的當家庭主婦、因爲我爸希望他老婆好好待在家裡就好！重點是你曉得從小到大我忍受了多少次別人告訴我：娶到妳媽眞幸福，如果妳像媽媽就好囉。老天爺！所以是怎樣？我就眞的不是那塊料啊！我就眞的像我爸，偏執倔強又愛喝酒。」

『但不是酒鬼。』

「但不是酒鬼。」

我同意，很滿意。我繼續聊我媽，完美的媽媽，娶到她會好幸福的完美女人。

「但別誤會我討厭我媽，相反的，我很愛她，我們感情很好，小時候我常和我媽爬上屋頂看星星。只是我還是得承認、她那麼完美多少還是讓我覺得很自卑：我媽比我美，個性比我好，人見又人愛，喔、好可憐的小友慈，爲什麼沒有遺傳到媽媽，多可惜。

「你曉得我花了多久時間多少力氣才走出我不如我媽的陰影嗎？這話好像言重了，但反正就是這方面的意思沒有錯。

「後來會和瓏勳還有可晴變成好朋友多少也是因爲酒吧？一開始是一群人、到後來變成只有我們三個人，但不管是一群人還是三個人、我們就是喜歡聚在一起喝酒聊天的氣氛，很喜歡。

「以前是上夜店、lounge bar的那一種，現在是在我家、嚴格說來是客廳的沙發，因爲也到了開始怕吵的年紀，而且夜店是眞的很吵又很臭。但不管是夜店還我家，我們就是很享受把現實關在門外，說一大堆廢話，然後，安全回家，以及，繼續過日子。感覺眞像卜派吃菠菜，這是我們面對漫漫人生的動力補充，哈～～

「但不酗酒，我知道我講過了但我就是得要再強調：我們從來不喝過頭，我們一向只喝得剛剛好。」

對著碧潭的夜景，我告訴他也告訴我自己：

「而，至於現在的我，則，只想要愛得剛剛好。」

年輕的時候我會想要愛得濃烈，轟轟烈烈，可是現在的我，只想要愛得剛剛好；不想要再愛過頭，不想也不敢也不再願意在愛裡丟了自己。

再也不要被感情淹沒。

所以，這是我一直沒敢眞放手愛瓏動的原因嗎？愛過頭，我知道一旦放手去愛了，一定就會愛過頭，愛到丟了我自己，愛到被感情淹沒。

這個，我在心底愛了他好久的男人。

是吧？是啊。

那他呢？

◆之二

許瓏勳

友慈打電話來的時候我在拍正照所以沒接，當我拍照結束之後回撥給友慈時、換成是她沒接，可能是正在工作吧？我心想，不然除了工作之外，這女人的生活倒是還剩下什麼？

哈。

收工之後和模特兒還有廠商他們一群人去吃頓稍晚的午餐時，我才想再一次撥給友慈，結果沒想到可晴卻剛好來了電話：

『欸，我看窗外好像快下雨了耶，你去陽台收一下衣服好不好？』

抬頭看了一下天空，我眼睛差點沒被曬傷。

「這位阿嫂，我人在外面啦！」

而且太陽明明大得要命，她是在哪個星球嗎？現在。

『咦？你今天不在家喔？啊、對吼！你今天要和苡詩見面，對對。』然後，她很不自然的說：『所以咧？你們現在在一起喔？』

原來如此。才覺得奇怪這女人好端端的幹嘛扯些什麼收衣服的奇怪對話。這白痴。

「沒有啦，我們約吃晚餐。妳到底要幹嘛啊？」

『不是啊，就想說……你確定眞的要和她見面？』

「不然咧？」

『相見不如懷念啊、許同學。』

「妳們到底幹嘛那麼在意我和苡詩的見面啊？」

這話一問出口，立刻我就察覺自己落入了圈套，果眞電話那頭的可晴立刻得意洋洋的大肆回憶當年的我是如何如何的失魂落魄，又是如何如何的怪裡怪氣，以及如何如何的急速消瘦，還有如何如何的藉酒澆愁——

我趕緊打斷她這沒完沒了的如何如何。我提醒她：

「那已經是很久很久以前的許瓏勳了，這位阿桑，那時候妳甚至還不是紀太太咧。」

『你這話說得好，』然後她又開始說：『那個很久很久以前的許同學啊，當年他可——』

「對啦對啦，滿周歲那年的許瓏動啊，他還包著尿布醒來就會哭著找媽媽咧。拜託喔。」

『哼，好像只有提起苡詩、才會見你這麼伶牙俐齒。』

「不關苡詩的事，這完全是託了妳們的福。」

『瞧你袒護她的咧。』

可晴說，然後趕在我想要掛電話之前，她接著快快的說：

『那麼這個許瓏動，你聽聽如何。』

那是三、四年前的事了已經，距離現在有點久了，距離苡詩甩掉我更是同樣的久了；但我還是在想她，那時候的許瓏動，不再那麼頻繁的想、也頻繁的痛，但還是在想她，還是。

那天的詳細情形我已經忘得差不多了，太久以前了、畢竟，如果不是此刻可晴提起的話，我還眞眞是連那天曾經存在過都給忘記了。

我記得那天我們照例是約了晚上去夜店喝酒；那時候的我們幾乎就是現在的我們這

模樣，我指的是差不多從那時候開始，我們過起了現在這模樣的人生，只不過差別是那時候友慈還沒有買房子，而可晴則是才準備要結婚而已，至於我，則是完全性的沒有改變。

啊，那是可晴的告別單身之夜，我想起來了。

那天的我不知道發什麼神經的穿西裝出現，我還記得那時候可晴一見到我的第一句話是：

『喂！我的婚禮不是明天是後天，你不會是耍白痴的記錯了吧？還打算喝到天亮直接去吃喜酒是吧？』

「妳才白痴咧。我只是突然想要穿西裝而已。」

『幹嘛？』

「看能不能比較有一點大人的感覺啊。」

『白痴。』

其實我當時只是突然又想起苡詩而已，可能是被可晴要結婚了的這件事情影響的吧？不曉得。苡詩常說她喜歡看我穿上西裝的樣子，可是我又沒有什麼場合穿，當時我總是這麼回答她；後來想想她可能是在暗示我太孩子氣了吧？年齡的差距終究還是我們走不下去的主要原因，我們相遇相識相戀時，苡詩已經三十歲，而我則還是個大學生。

儘管我們想要否認卻終究只得承認年紀在我們之間的差異和衝擊，無論是生活圈的大不同，又或者別人的耳語，和眼神。

我沒想到友慈還記得，而且還說給可晴聽。

那天友慈心情不太好的樣子，悶悶的話不多，不過酒倒是喝了不少，這和平時酒一入喉就會開始心情大好、饒舌個不停的友慈大不相同，最不同的是她那天甚至還喝過頭的吐了；走出夜店的門口她就吐了一次，之後在送她回家的路上她再度吐了一次；就是在那次我靠邊停車讓她蹲著嘔吐時，看著友慈的背影，我沒道理的想起了苡詩，沒道理的，而且是突然的，激烈的想起苡詩。

上車之後我於是就這麼把車開到苡詩家的樓下。

『這哪？』

「妳酒醒囉？」

可能心情也變好了吧，因爲友慈又開始恢復平時的多話：

『好好，我知道我今天眞的是喝多了可是沒辦法我最好的朋友要嫁了而這可眞眞是令人百感交集啊。說著說著我都聞到自己的嘴巴臭死了，原來喝酒喝到吐是這感覺：臭死了。好啦，這裡到底是哪？』

「苡詩家。」

『……』

『她不在家。』指著十二樓沒開燈的窗，我說：「當然也可能是睡了。現在是幾點？」

『凌晨三點過五分，你真的該買支錶來戴的。所以你到底帶我來這裡幹嘛？』

「不知道。」我真的不知道。「就突然想來這裡看看。」

『又來了！』打開車門，友慈說：『都已經幾年了、許瓏動！真是受夠了！』

「妳要去哪啊？」

『回家！』她伸手攔計程車，『老娘沒心情陪你在這裡搞哀傷。』她最後說：『而且還是過期的哀傷。』

過期的哀傷。

想起這段過期的回憶，我忍不住笑了出來：

「妳們之間果眞是無話不說啊。」

『那倒不見得。』可晴意有所指的說，但立刻又把話題帶回苡詩：『所以你到底幹嘛還要和苡詩見面啊？你就這麼缺一份感傷嗎？』

「妳們才是幹嘛對苡詩那麼敏感啊？」

啊，又落入這女人的圈套了。

逮個正著可晴開始說：

『因爲啊，我們當初是那麼同仇敵愾的爲許某人生著苡詩的氣呢，陪著他喝了那麼多的失戀酒，看著他流了那麼多的男兒淚，還幫著他說了那麼多的鼓勵話。可是現在呢，那傢伙卻回過頭來好無辜的問我們爲什麼要那麼敏感啊對苡詩？搞得好像是我們自己小心眼似的，眞的是喲、就像友慈說的啦，不吊起來打一頓實在是難消心頭之恨啊。』

一想像她們兩個眉飛色舞地扯著這番對話，並且不用說的一定會順便再講上幾句我的壞話、這畫面我就笑到肚子好痛。

「是是是，妳們說得對。可是眞的就不是妳們以爲的那樣啊，我們這次見面的目的主要是想聊聊那份工作好嗎？」這倒是眞的。「妳們不是一直消遣我不長進沒有企圖心嗎？」

『最好是這樣。』想了想，可晴問：『那、你們約在哪見面？』

想了想，我說：「N.Y. Bagels。幹嘛？」

『如果來得及的話，我下班趕過去一起聽聽那份工作如何啊？說不定眞的是棒透了呢。』

「妳可以再酸一點沒關係。」

『哈～～晚餐見。如果你們會聊那麼久的話。』

「好啊。」

『你們不要亂跑喔。』

「等妳啦。」

等著被耍吧，黃可晴。哈～

本來我以爲苡詩是會約在以前我們常待著的《N.Y. Bagels》的，但是結果她不是，結果苡詩約在溫州街的《Café Bastille》。

溫州街，Café Bastille，和苡詩見面，再見面。我曾經在腦海裡想像過無數次這畫面，再見苡詩的畫面。

剛分手的那陣子，我想像的畫面是我會哭，聲淚俱下的哭，軟弱無助的哭，任何能讓她再看我一眼的哭；我想像我會哭著求她不要離開我，無論她要什麼我都給，能做到的做不到的都肯給，只要能換得她留下來，留在我身邊，否則我該怎麼活？我無法想像沒有苡詩的日子我怎麼還能繼續活？眞的不能活，活不了。

結果不用說的是我依舊忍耐著活了下來，儘管苡詩離開的是那麼徹底，徹底地讓我找她不到，於是這畫面始終只存在於我的想像裡。

所謂分手的這件事情從來就不可怕，可怕的只是我們對於分手的想像，過度想像。

已經適應分手的那幾年，我的想像畫面是我會怕，我害怕苡詩並非如她所說的是爲了夢想爲了更好的機會離開我，卻是爲了別的男人離開我，更好的男人；我害怕那個男人會和她就這麼親密的走在我眼前，我的反應會是措手不及，因爲他們會是那麼相稱的一對，不像我和她，相差那麼多，不只是年紀。而這畫面會讓我再一次的心碎，像是個無形的漩渦把我再次捲入剛分手的那幾年。我害怕，我害怕得就要崩潰。

可是我從來就不知道那是什麼感覺？這崩潰。因爲苡詩早已經長住上海，她後來寫過e-mail給我，我拖了好久才有勇氣回。

分手好久之後的這幾年，我的想像畫面是我會躲，躲這眼前擦肩而過但我卻已經認她不得的苡詩，躲這已經不再是我記憶裡深深愛過的苡詩。

就像每次我提起苡詩，或者應該說是、試著想要提起苡詩時，友慈和可晴總會立刻壞嘴巴的說：她一定會變老變胖又變醜，說不準懷裡還抱著兩個娃，哭鬧吵叫又煩人，而且還長得像爸爸，一個十分有錢卻其貌不揚而且還笑起來很色的老男人，重點是苡詩她——

結果眞正見到苡詩之後，才發現她其實沒什麼改變，她依舊是個美人，只不過轉換成爲另一種形式的美，由裡而外的美；而且，她看起來氣色很好，從苡詩臉上已經看不出來她曾經深受精神困擾的痕跡。

我這麼告訴她。

『小勳看起來也沒什麼改變，不過感覺成熟了好多哪。』

她告訴我她還是經常會上我的部落格看看，於是她其實知道我的近況：拍了什麼作品、去了哪裡遊玩……她很高興我依舊持續著攝影。

她有個什麼想問但忍著沒問。

她接著說起她的近況：編劇的夢想已經放棄。

關於這點我是有點驚訝的，我記得在轉型成爲演員的苡詩、曾經是那麼羨慕編劇的工作，那麼的歇斯底里也那麼的不在乎現實，也不被現實困住。

『眞的很羨慕。』

她不止一次的這麼說過。

『那時候每次拿到劇本，很好笑，我看到的不是編劇們嘔心瀝血寫出來的畫面和對白，卻是編劇們寫著劇本時的畫面：是不是被關在飯店房間裡而房門還被反鎖呢？又或者是個煙霧瀰漫的密室呢？會不會一接到製作人的電話就害怕得跑去頂樓水塔躲起來呢？……可能這就是我沒有辦法當個好演員的原因吧。』她自嘲的說：『不過反正那時候一直就只被定位成讓畫面美化的花瓶而不是演員。』

後來她如願以償的去了香港學習當個編劇，而這幾年她的生活重心放在上海，和紐約。

『才能還是不夠，只有熱情還是不夠。』苡詩說。『沒有才能的人，終究只能屈就於現實哪。』

「呵。」

『不過想想也沒有什麼，反正轉個彎走就是了。』

「是啊。」

對話進行到此，我們陷入短暫的空白停頓，跟著苡詩把杯子裡的咖啡喝乾之後，這會兒我改點啤酒，我以爲我會接著問起她的感情生活，但是結果並不是，我問她後來呢？

她說她後來轉換跑道從事公關工作。

『雖然還是在上海，不過已經換了公司。』她說，『以前是主流的商業電影公司，工作的重點是行銷，每天就是寫信或打電話邀請名人來參加電影首映，要不就是寫新聞稿發送給媒體記者，但後來還是離開了。』

「到現在的這個劇團？」

『嗯，現在在非主流的劇團當專案經理。薪水差了一倍，但快樂無價。』

於是我們談論關於主流和非主流的差異，只是對話進行得不太順利，隨著對話的空檔逐漸超越對話的長度時，我不禁回想過去交往時我們總聊些什麼？我想不起來，除了情人間的軟語以及日常生活的瑣碎對話之外，我眞的想不起來過去的我們總聊些什麼。

當愛情抽離開來，而彼此的生活也不再交會之後，原來我們無話可聊；畢竟我們曾經相愛，深深相愛。

我突然覺得有點難過，或者應該說是感慨。而苡詩也發現這點，她試著主動開了幾個話題，不過結果對話都不太順利，我於是努力回想平常和友慈她們總聊些什麼，想著想著我突然笑了出來：我總不能把白痴、智障、妳去死這些我們之間的經常用語放進和苡詩的對話裡頭吧？

『你笑什麼？』

「喔、沒有，突然想到一些事。」

我指著我的眉毛。

「妳記得友慈和可晴嗎？」

『嗯。』

那是前一陣子的事而已，我去剪頭髮的時候，設計師突然盯著我的眉毛看，她說我的眉毛很濃很密，可是我的臉在男人說來算小。她問我要不要修個眉毛？

其實這是後來回想才記起的對話，因爲當時我在度咕、根本沒聽清楚她說什麼，於是我點點頭，於是她修了我的眉毛，只是略略的修了一下雜毛而已，並不是修成傑尼斯男孩那樣子的柳細眉或驚訝眉；但儘管只是這樣，還是足夠讓這兩個女人笑得要死。

「這小子跑去修眉毛？」我模仿友慈的誇張口氣。

「那一天剛好友慈多買了太多眼霜所以要分送幾條給可晴。眞的是有夠倒楣。」

『我倒是一口氣買六條眼霜幹嘛咧？』友慈當時說，『可是那當下我就是鬼迷心竅的認爲我需要的就是六條眼霜啊！』

當我模仿著友慈的這口氣時，苡詩抱著肚子笑了起來。

「因爲她們剛好聊到眼霜，所以我才想到我的眉毛，結果誰曉得……」我沒好氣的說，接著轉述友慈的話：「好好好，下次也買條眼線筆送你咩。還是睫毛膏好呢？你要濃密型的還是纖長型啊？」我氣到笑出來，「無聊得要命。她們就是不放過任何一個可以損我的機會。」

她們就是喜歡藉題發揮、自導自演的說我很娘，眞是搞不懂爲什麼？因爲明明我就沒有。尤其每次友慈笑我和相較於骨架的小臉、小手和小腳時，我眞的都得忍住才能不氣到打她的頭。

「而且更無聊的是，幾天之後友慈還眞的特地把我約出來只爲了拿一盒眼影送我，」我學著她當時賤賤的口氣：「是煙醺妝的效果喲，也可以輕輕抹在眼下的臥蠶喲，很多韓國男明星都這麼化妝的喲，喔、當然，是陰柔型的那些男明星啦。」

苡詩笑到按肚子。我於是繼續告訴她友慈的糗事好還以顏色，還有讓對話繼續下去，當然。

「有一次她吃壞肚子、急性腸胃炎去看醫生。那女人是會在包包裡放盒止痛藥才敢出門的神經病、她簡直對止痛藥上癮，不過這不是重點，重點是那天她去到醫院掛號時她認爲自己已經痛到不行、痛到幾乎就要成仙、痛到該立刻被插管治療。

「但那天排隊候診的人很多，超多，多到只能站著沒得坐，於是自認爲疼痛程度第一名、而排在她之前候診的人都應該要禮讓她才對！於是友慈開始考慮在大廳的地板打滾、大聲哀嚎，因爲她又氣又痛，她後悔一開始幹什麼不掛急診算了？八成就是因爲她痛到沒法思考才沒掛急診的，於是這會兒她痛到甚至沒有力氣改掛急診了。

「當她找好空間正準備抱著肚子倒在地上打滾哀嚎時，她好死不死看見大門口有位左腿截肢還插著尿袋的阿伯坐著輪椅被菲傭推進來掛號而且掛的是一般門診不是急診時，很奇怪的是，她突然就覺得自己好像也沒那麼痛了，她立刻就乖乖的讓路給阿伯然後自己走到角落看報紙等看診。」

我接著又提供了幾個友慈的糗事給苡詩笑到痛肚子，我說得開心而她也笑得開心，當我們的第二杯啤酒也送上時，這時天已完全暗了下來，這時苡詩才總結似的說：

『她眞的很有趣，友慈，我第一次看到她的時候就覺得是個很特別很有自己想法的女孩。』

「她現在是個名女人囉。」

『不意外。』接著苡詩把話題帶到這次我們見面的重點，她說：『我們很喜歡你拍的那張照片，很美很有味道。照片中的女孩就是友慈沒錯吧？』

「嗯啊，她是屬於那種越長大越好看的女人。」

我以爲苡詩會接著說眞希望有機會能夠和友慈見個面認識她，但結果她不是，結果苡詩說的是：

『那麼，你對這份工作有興趣嗎？』

她問，接著她開始說起這份工作的細節。

第五章

◆之一

鄭友慈

「喔、對啊，朋友就是這樣當的沒錯。」

那個許混帳王八蛋瓏動，居然把我的糗事說給別人聽，而且還是苡詩，尤其是苡詩！

『哈～～幹嘛那麼氣啦，這一聽就知道他們久別重逢卻見面沒話聊所以只好找話聊囉。分享歡樂分享愛嘛！哈～～』

可晴還一副這事很好笑的壞嘴臉表情，完全搞錯重點了簡直是。

『倒是我還眞眞驚訝許笨蛋居然記得妳那麼多事情而且重點是還記得那麼清楚呀。』

說完可晴吹了個聽來好八卦的口哨，聽得我甚至得忍住才能保持理智不出手打她的頭。可晴繼續又問：

『尿袋阿伯我記得，但那個流浪狗是怎樣？我記得妳說過但我忘記妳說什麼了。妳眞的跟一隻流浪狗嘔氣?』

「黃美眉。這牠名字。」我沒好氣的說,「不要隨便叫人家流浪狗,眞是沒禮貌。」

眞是氣死我,早知道就不要告訴許大嘴巴瓏動了。

是去年秋天左右的事,那個河堤旁的小公園有天跑來一隻黑白斑點的長腳流浪公狗,不請自來不說、而且還這麼不問一聲的住了下來;黑皮、這牠名字,同樣是我取的、當然。本身我是個愛狗人士這沒話說,以幫助狗狗爲成立宗旨的公益團體也一向是我主要的捐款對象,但就不知何故的、唯獨這黑皮我是怎麼看牠就怎麼討厭,耳朵長太開、眼睛卻長太近,以至於牠長相猥瑣不說、而且性格還相當的賤,越是看牠礙眼噓牠走開,牠就會越是故意的跑來跳去硬是緊緊跟在你腳後歡呼,最討人厭的一點是牠甚至會直接從黃美眉的嘴巴把食物叨去吃,每當這個時候我總是會惡狠狠的瞪著牠問:妳不會是愛上這隻賤狗了吧、豬?

我懷疑黃美眉是愛上牠了,眞的。

當接近狗狗的發春期時,我十分擔心憂心甚至還爲此失眠過,等到終於找到空檔時間問了獸醫診所結紮事宜時，沒想到黃美眉卻早了一步腫了肚皮。

等到牠肚皮消掉之後，我忍不住一路跑去檢查那一窩的新生小狗，雖然看得我是滿心杜爛不過卻還是於心不忍的買了便當還加了塊肉給黃美眉補補產後虛弱的身體。結果誰曉得這沒用的痴情狗居然偷偷摸摸的把肉咬到角落丟給猥瑣黑皮吃，當下我是真的氣瘋，我氣瘋。

「妳笨蛋妳沒用妳白痴妳智障妳養小白臉！妳知不知道我會被妳氣死！妳知不知道牠只是利用妳！妳——」

我趕在自己氣哭之前打電話給瓏動說起這事好轉移我心底那個模模糊糊的什麼，結果沒想到這心底那模模糊糊的什麼卻被電話裡的瓏動清清楚楚的一語道破：

『妳是不是羨慕牠啊？』

對，是的，我突然覺得很羨慕牠，黃美眉，一隻狗，連狗都比我還敢去愛，還愛得義無反顧，而我，兩性作家我，面對電話裡這愛了九年的男人，卻只敢淨扯些流浪狗之類的屁話。

我羨慕牠，是的，當然。

後來我就把黃美眉的愛情故事和瓏動的這段對話轉化成為文字寫進專欄裡面，瓏動眞是我永恆的繆思，沒有他我該怎麼辦？

「那個許大嘴瓏動還說了我什麼？」

『電影時刻表。』

「什麼鬼？」

『欸，妳還眞的叫許笨蛋瓏動幫妳查電影時刻表喔？是我聽錯還是妳眞的不知道怎麼查？』

「妳很煩。」

雖然確實我眞的不會查電影時刻表沒錯，但其實我那天打那通電話的主要用意還是想問瓏動要不要一起看場電影？只是誰曉得電話撥通之後才發現我根本問不出口，於是就只好這麼邊扯邊等著他主動提議。每當這種時候，我就會覺得瓏動不是我男朋友眞是太不方便了！可是接著我又會想，難道交男朋友只是爲了方便嗎？愛情是這麼廉價嗎？

喔、不，當然不。

結果瓏動沒有主動提議，好個不意外。

太像約會了吧、這一起看場電影，我想他應該也是這麼想的。爲什麼比起吃飯、喝酒，甚至是開車接送而言，看電影就是讓人有是個約會的曖昧感呢？我想我們是眞的老派，外表看似新潮的我們，骨子裡卻其實住著的是老靈魂。

我和瓏勳，我們都是。

回過神來，可晴還在說著：

『妳簡直就把瓏勳當助理在使用嘛。』

「使用咧。」我咕她，「妳的措詞還眞是有夠不適當的。」

可晴不理我，可晴繼續說：

『欸，我說妳何不就乾脆聘他當助理算了？』

「找瓏勳當我助理幹嘛？拿包包喔。」

『還有開車接送啊，妳不是常常需要各地奔波嗎？通告還演講什麼的。』

「那我有計程車和高鐵就夠了。」

『哈。』可晴突然爆笑開來：『你們兩個還眞是一個模子印出來的耶。』

「誰跟那阿呆一個模子印出來，被羞辱了簡直是。」

『眞的啊，我昨天也是這樣問他，結果他的回答跟妳一模一樣。』想了想，可晴又說：『喔，不對，他還多說了一個：當她助理幹嘛？半夜幫她跑腿買Häagen-Dazs喔？』

「我那次只是開玩笑的好嗎？又不是眞的要他去！」

『呃……所以這不是他隨便說說是眞的喔。』

「……」

『……』

「你們之間還眞是無話不談嘛。」

『那倒不見得。』

可晴意有所指的說，但接著又把話題帶回剛才，她再一次的說服我找瓏動當助理。

『妳眞的需要個助理。』

她堅定的告訴我。

『而瓏動絕對就是個再適合不過的人選。』

「妳突然一個勁的說這個幹嘛啊？瓏動缺錢喔？」

『不是啦……』可晴的眼神黯了下來，『我只是怕他眞的會去紐約，所以就很異想天開的認爲：啊啊，那不然他當妳助理的話，這一切不就變得很完美了嗎？』

「他眞的決定去了嗎？」

我想問，但結果我話說到嘴邊卻還是問不出口，沒勇氣問出口。

如果他眞的決定離開我們怎麼辦？該死的苡詩，爲什麼總是要把瓏勳從我們身邊搶走？該死的。

該死。

或許可晴的提議確實是個好主意？

「結果瓏勳怎麼說？我是說那堆玩笑話之後的眞實反應。」

『跟我預想的一樣啊。結果他跟我扯了一堆下廚什麼的，可能那時候他正好在廚房裡煮海鮮粥給我們當宵夜吃吧。』

「啊？」

結果瓏勳是這麼說的：

就像是下廚。瓏勳說，他喜歡親自下廚動手煮東西的感覺，尤其是夜裡的廚房，當屋子裡的每個人都睡了，只剩下他一個人獨自在廚房裡安安靜靜的料理著食材，那感覺很棒，眞的很棒。

可是如果當下廚變成是他的工作、甚至是職業時，他就會開始痛恨下廚這件事情，換成是其他的也是，開車、寫程式……或者其他的什麼；但就唯獨攝影例外，攝影對他而言就是不一樣，不一樣就是不一樣。

「是攝影還是苡詩？」

『啊？』

「沒有啦。」搖搖頭，我說：「所以他是眞的想要那份工作？」

結果，我還是忍不住的問了。

『應該吧，他今天就是和劇團總監見面。』

「總監？」我簡直難以置信，「苡詩是不是騙人的啊？總監親自飛來台灣和瓏勳見面？攝影師有那麼重要嗎？」

『妳這話最好不要講給瓏勳聽，包準氣得他爆青筋。』

可晴開玩笑的說，但結果我們都沒有笑，我們都想著瓏勳是不是眞的要離開我們？

『沒有啦，是總監剛好來台灣接洽一些事，所以就順便和瓏勳見個面之類的。』

「喔。」

『還有苡詩。』

「喔。」

還有苡詩，當然，如果不是苡詩的話，瓏動會這麼積極這麼主動嗎？去他媽的瓏動，乾脆就去紐約算了！

「他們……」

他們會復合嗎？瓏動還愛她嗎？那苡詩呢？他們會復合嗎？

『嗯？』

「沒有啦。」搖搖頭，我換了個話題，說：「那瓏動今天到底來是不來啊？都幾點了現在！」

『他說結束之後他會趕來。』

「呸。」我嘴硬的說：「打電話告訴許大牌瓏動也不必特地趕來啊，好像我們星期日聚會多需要他似的咧。」

然後我就拿起電話，然後可晴看起來好像嚇壞了：

『不是吧！妳還真的要打喔？』

「沒有啦，我叫披薩。肚子好餓。」

『呿。』

「哈。」

我們就這麼沉默直到披薩送到之後才又開口。

『這我才發現一件滿奇怪的事。』

「什麼？」

『雖然平常瓏動在的時候也沒說上幾句話，但我們就是需要他在，喜歡有他在旁邊嗯的一聲或者乾笑兩聲好讓對話可以繼續進行下去。』

而且甚至會覺得無聊。我心想，我沒說。我假裝專心吃披薩。

『而且妳有沒有發現，就算瓏動不在這裡，他也依舊是我們的話題重點。當我們聊完瓏動之後，居然就無話可說了。以前他在的時候都沒發現咧。』

是啊，原來沒有瓏動的畫面，我們感覺好像就無話可說了。

我們眞的會失去他嗎？

「可能我們眞的是很需要罐頭笑聲吧。」我不想就這個話題聊下去，我於是敷衍的說：「要開電視看嗎？」
『妳白痴喔。打電話問瓏動好了沒有啦。』
「我才不要咧。」想了想，我又說：「不然妳打好了。」
『喔，好啊。』
可晴話雖然這麼說，但她卻依舊動也不動的只顧著喝啤酒吃披薩。
『沒有言外之意，』她說，『只是、怎麼少了瓏動一個，場面就變得這麼無聊啊？』
「嗯。」
我也這麼覺得。
『眞不像是星期日啊、今天。』伸了個大大的懶腰，可晴又說：『沒有瓏動的星期日，還能算是我們三人幫的星期日嗎？』
「少誇張。」
『呵。找點什麼別的來聊聊嘛。』
「是啊。」

沒有瓏動，好無聊，聊點什麼別的嘛。我們就這三句話互相丟來丟去的重複個老半天直到可晴終於想到了個話題：

『我有一個朋友。』

這是她的開場白。

『她老公有個更好的工作機會在上海，很猶豫要不要去。』

這是她整個話題的所有內容，眞是有夠精簡。

我忍不住分心想像如果瓏動在的話，這內容起碼會因爲對話的增加而延長成爲好幾倍吧？就算只是因爲無意義的廢話所堆疊而成的聊天內容，但我們還是會因此多喝幾杯酒、多笑好幾回，我們三個人聚在一起的時候總是這麼個聊法的，我們一直以來所追求的不就是這個氣氛嗎？好放鬆的氣氛，無須動用大腦。

少了瓏動的星期日、我們該怎麼過呢？我們還會想要聚在一起過嗎？

「喔、那幹嘛不去？」

我沒勁的問，活像只是爲了塞滿對話空隙所想出來的問題那樣。

『因爲這麼一來的話，他們夫妻倆就只能一年見一次面了，所以很猶豫。』

「喔。」

『而且小孩該跟過去還是留下來也是個問題。』

「嗯。」

如果瓏勳在的話，我會說什麼讓對話繼續下去？

我想到了：「如果是我的話就會不同意。」我說，「誰想要一年只見一次面的關係。」

『我倒覺得，如果是妳的話，一定就會跟過去。』

「才怪咧。」我心虛的瞪她：「相反的，如果他執意要去的話，我就會和他分手。」

『可是朋友怎麼分手啊？』

「喔、太好了，話題還是又回到瓏勳，鬼打牆的就是離不開瓏勳。」

『我又沒有說是瓏勳。』

笑了笑，我說：「搞不好是我們想太多，說不定人家壓根不會錄取他。」

『嗯，這話說得好。』可晴也笑了起來，舉杯，她說：『為瓏勳不被錄取而乾杯！』

「對！這值得乾上一杯！」我也樂了起來：「為苡詩變老變胖變滄桑乾杯！」

『喔，聽說她還是一樣很養眼。』

「很養眼？許色胚瓏動用的是這詞？」

『喔，很養眼是黃色胚可晴我說的，許同學說的是美，她還是一樣的美。』

喔、老天，這樣公平嗎？

煩死人了。

「妳可不可以就閉上嘴巴好好乾杯啊？」

『哈～～好啦。』

乾杯。

接著我們聊起王哲修。

本來我是想要等到瓏動來時才說的、省得到時還要重複一次有夠煩，可是看看時間、瓏動應該是趕不過來了，聊一下工作的事情需要那麼久時間嗎？他一定是和苡詩跑去續攤約會了吧？他們打從最初就是一發不可收拾的戀愛法，他們再見面的話想必也是如此吧？我心底不是滋味的想。本來嘛！苡詩在他心中一直就比我們兩個還重要，本來嘛。

隨便他了、許瓏勳，還是聊聊我的王哲修比較心情愉快些。

「不是說台灣小吃有什麼不對，相反的、沒有這些台灣小吃們，我的宵夜是真的不知道該怎麼辦。」真的是不知道該怎麼辦哪！「可是在古早味鵝肉麵、古早味蚵仔煎還有古早味魷魚羹的晚餐約會之後，我終於忍不住提議也該有次是我的style了。」

或者應該說是：確認我們的關係。

『想必盡是些連空氣都昂貴的高級場所吧？』

「當然。我就是愛那個tone。」

五星級的飯店，高樓層的餐廳，靠窗的好座位，精心打扮的我，當然。

還有，穿著西裝來接我的王哲修。

「我真的被感動到了。」我笑著說，「很有他的style。」

『我有聽錯什麼嗎？我怎麼一直以為妳把他形容成個衣著邋遢的男人？』

「對，妳沒聽錯。但我這裡指的style是反諷。他那天很有他自己反諷的style。」

那天他穿著三件式西裝出現，而且領口還反諷意味十足的別了個領結。

「我立刻就笑了出來。喔，順道一提，我們那天本來是約了午餐，但結果變成是午茶——」

『因爲把背心和領結脫掉是需要點時間，嗯？』

「妳懂我意思。」我們會心的笑，「還不錯，我指的還包括妳送我的生日禮物——」

『那套黑色蕾絲——』

「嗯，對。」

『這值得乾上一杯，閒置了那麼多年的生日禮物終於派上用場啦！』

「想被殺嗎妳？」

『哈～～』

滿棒的，眞的。一切就如同我的想像、這第一次的正式約會，雖然順序有些顚倒，但過程卻是同樣的令人愉快，我指的還包括走在路上被粉絲驚呼著認出來還要求簽名的這件事。

「原來我女朋友很紅啊。」我告訴可晴，「這是他說的，妳別露出那表情，不信妳馬上打電話問他。」

『好啦。』

「後來我想要稍微幫他改造一下，就帶他去買對的衣服和剪對的髮型，現在他整個人變帥起來，不過關於這點我倒是完全不擔心，畢竟他的病人不是老太太就是阿桑或阿嫂。妳要不要看照片？」

『確實是有帥。』把iPhone還給我之後，可晴笑著說：『恭喜啦，鄭控制狂友慈總算又重出江湖啦。』

「喔、謝啦。」

『哈～～』

「只不過後來發生點小插曲、掃了點興。」

『什麼小插曲？』

當我們正準備搭電梯到停車場開車回家時，電梯裡有個女的認出我來，而她恰恰好是屬於認識我的路人裡那第三分之二：討厭我的那一群。

「我真的就是很討厭看到妳欸。」

這是她開口的第一句話，然後，真的，整整十幾層樓的時間，她就在電梯裡好不開懷的罵起我來說我壞話。

「什麼專欄狗屁不通啦，每次在電視上看到我就一定會轉台啦……老天爺，眞要命。」

『就是有這種人，見不得別人好。』可晴附和似的安慰，然後問：『那他是什麼反應？』

「和我一樣，一臉尷尬。」

『喔。』

「這不意外，因爲儘管我是那麼經常遇到這種場面，但我依舊是幾乎每次的反應都是不知所措的尷尬，爲什麼？不知道。更何況是他。」

『然後？』

「然後沒有了。」

然後我就想起瓏動。

我以爲我會接著這麼告訴可晴，但是結果我沒有，我只是仰頭把酒喝乾，這樣而已。

然後我就想起瓏勳。

我想起有回我們一起吃飯時也是遇到這種情形，被路人毫無道理的謾罵；而當時我同樣是傻住反應不過來，不同的是當時瓏勳卻是嘻皮笑臉的反問那位女士：

『老天爺，妳是眞的認識她對不對？』

然後我就笑了出來，而那位女士也是，然後尷尬就這麼化解。

然後……

然後我就想起瓏勳。

我老是想起瓏勳，眞他媽的。

◆之二

許瓏勳

結束和苡詩他們的見面之後，立刻我打了電話給友慈告訴她、我大概半小時之後到。

「如果沒塞車的話啦。」我說，然後問她：「妳們要吃什麼？我順便買過去。」

『不用啊。』她輕快的說，『你也不必特地趕過來啊。』

好厲害，友慈雖然語氣輕快，但聲音裡卻夾帶著明顯的不爽；當下我想起友慈她笑著瞪人的表情。我很喜歡看友慈的那個表情。

很友慈。

回過神來，友慈還在手機那頭說著：

『法律又沒有規定星期日我們三個人一定要見面。』

然後友慈就好帥氣的掛了電話。

太好了，她是眞的生氣了。

她生什麼氣？我幹嘛要在乎她生氣？
管他去的，我還是去了。

到了友慈家附近，我先是繞到夜市去買那攤友慈最愛的燒烤——總是要排隊等很久，但是真的值得等待的好吃——之後，在友慈家樓下把車停好時，我打了電話上去。時間都足夠我吃完一串烤米血、同時懊惱忘記順便買冰綠茶之後，可晴才慢吞吞的出現我眼前。

「妳很慢。」我忍不住的抱怨，「今天妳猜拳猜輸喔？」

『不是，今天沒有猜拳，所以不是輪到我幫你開門。哇！太讚了，我才正想著要去買咧。』接過我手中的燒烤，可晴說：『走吧，我已經打電話叫我老公不用來接我了。』

「啊？」

『那女人說今天想早點結束，因爲還有稿子得趕什麼的。』

「趕稿子？」我有沒有聽錯？「今天不是星期日嗎？」

說完我立刻發現自己好像又跳進可晴挖下的陷阱洞裡，本來我以爲她會接著說：

『喔、對啊，今天是星期日，那某人怎麼還跑去談工作？』

可是結果她沒有，沒有數落我什麼，也沒有把友慈的那句：『法律又沒有規定星期日我們三個人一定要見面。』說出來酸我。她只是打開車門，然後開始吃起燒烤，這樣而已。

『怎麼樣？新工作。』

「滿不錯的。」我說，「不是那種數字很厲害的年薪，不過眞的是份滿不錯的薪水——」

『年薪？』

我故意裝作沒聽到可晴的問題，我繼續自顧著說：

「換算成台幣是眞的很棒，我聽到時還楞了一下，心想他們現在是說台幣還美金。」當然是美金，當然。「不過紐約的物價比台灣高很多這得計算進去沒錯，但反正劇團提供吃住和交通所以其實也沒差，雖然不是重點，不過我當下還眞的開始期待了終於可以有機會到球場去看王建民投球——」

『年薪？』

好吧。

「嗯，年薪。因爲合約簽的是一年。」想了想，我決定據實以告：「起碼是一年，如果票房好的話還不止。會各地巡迴什麼的。」

而且他們的票房一向沒話說的好。

『多久回來一次？』

我眞的很不想說。

「一年吧。聖誕假期那時候。美國飛台灣滿遠的、畢竟。」

沉默。

久久的沉默。

「總監人滿好的。」打破沉默，我說，「而且重點是他喜歡我的攝影風格，雖然我的英文滿破的。」

不過反正有苡詩幫我翻譯，而且就如同她說的，反正去了美國英文自然而然就好，不變好都不行，不是嗎？

「而且總監他人很風趣，很幽默。」我甚至被他逗得笑到腹肌都快跑出來了。沒誇張，眞的。「還有他的團員也是，我一直就很嚮往在那樣的團隊裡工作，因爲工作氣氛眞的很重要，畢竟——」

『那你還在猶豫什麼？』

「我哪有在猶豫什麼。」

『明明就有，不然你剛才一個勁的在說服自己幹嘛？』

「呵。」

『苡詩？』

「苡詩？」

『因爲還愛著苡詩，所以沒辦法面對她一起工作這類的。』

「哦、不。」

不是，眞的。

「本來我也這樣以爲，以爲我還愛著她，」不，其實應該說是：「確實我是還愛著她的，直到我們上一次的見面爲止。」

『爲什麼？你不是說她依舊是很正點？』

「嗯，但是感覺已經不再了。」

眞的不再了。

「她還是我記憶裡的那個苡詩，只不過眞的是少了點什麼了，我們之間。」我說，

「比較像是我和妳，從情人變成朋友，昇華成爲朋友。」希望她能過得很幸福的朋友，

和別人過著幸福日子的朋友。「說昇華對嗎？會不會有語病？」

每次和友慈說話時，我都很怕被她挑出語病然後臭罵一頓。

『隨便啦。』

「有些東西就是這樣，眞的是要等到眞正見了面才會知道。」

例如感覺，或者是以爲自己還愛著的感情。

『早知如此的話，你們眞的是該早點見面的。』

「隨妳怎麼說。」

『那你現在是愛著誰？』

「我幹嘛一定要愛著誰？」

『喔。』盯著我，可晴問：『突然的、笑什麼？』

「沒有，我只是突然想到那個女人。」

『？』

「這些話應該沒可能從她嘴裡說出來吧？她實在是太熱愛痛罵前男友了。」

『你有看她專欄？』

「沒有啊。」

『不然你怎麼知道？』

「這連我媽都知道。」

『喔。』

『我們倒是聊了你不少，今天一整天。』

「想必盡是說些我的壞話吧？」

『不然許瓏動你還有什麼好聊的嗎？』

「嘖。」

開開心心的笑個夠之後，可晴才又說：

『說到有次你們一起出去結果遇到被路人罵什麼的？』

「那次喔。」我也笑了起來，「對啊，那個女的就突然走過來，沒頭沒腦的指著友慈的鼻子罵說她妝很濃啊、那麼想紅是怎樣！我第一次看到那女人那麼無力招架的樣子就覺得很好笑，所以就問那位路人小姐說：妳是眞的認識她對不對？」然後我們都笑了出來，我們三個。「沒想到那女人還記得喔？滿久了。」

『還眞的是你喔。』

「什麼是我？」

『她還眞的是想到你喔。』沒理會我，可晴自言自語的說：『她的那個表情啊，嘖嘖嘖。』

「什麼表情？」

『你會不會也覺得，越是嘴硬逞強的人，越是容易被自己的表情背叛？』

「什麼嘴硬背叛的？妳現在是在說火星話嗎？」

搖搖頭，可晴又說：『彷彿是特別爲了許瓏動而存在的表情，那個表情。』

「喔、我懂了，妳醉了對不對？」

『沒有啦，不過我渴死了倒是，吃燒烤就是這樣。欸、前面有星巴克，要不要停下來喝杯冰星樂？我有買一送一的券。還是你趕著想回家？』

「我趕著回妳家幹嘛？」

『說得好。』

星巴克，兩杯冰星樂，我和可晴，還有話題裡的友慈，以及他。

『他們倒是認眞交往了起來。你幹嘛那個臉？眼珠子都快飛到我這邊來了要不要我撿起來還給你？』

「吃驚啊。」

『實不相瞞我也是。』

眞的是吃驚，關於友慈居然會和某人認眞交往的這件事情。

這些年來的友慈一向是這樣：每當她遇到個未來的可能約會對象時，在還沒開始放感情之前，她就會開始過度美化對方，等到眞正約會過幾次之後，她就開始又大失所望，從原先的過度美化變成是過度挑剔，然後她會避不見面，最後他們就會不了了之。

接著我就可以在下星期的專欄裡看到這些內容和感想，屢試不爽，眞的。

「那男的對她好嗎？」

『我以爲你要問的是：那個男的受得了她嗎？』

「哈～～」

笑夠了之後，可晴才正正經經的說：

『人滿好的。』

「喔。」

『好像還提議幫她把黃美眉接回他家養，他家有個院子什麼的。』

「喔。」

『人滿好的。』可晴又重複了一次，『不要花招，不搞甜言蜜語，而且嘴巴有時候還滿賤的，不過卻眞的設身處地爲對方著想、對她好。眞搞不懂他是愛上那個控制狂什麼，這大概就是所謂的一個蘿蔔一個坑吧，哈～～』

我不想表現得太過明顯，所以我還是配合著笑了一下。

低頭我吸著冰星樂，我承認我是想要掩飾此時心中的悶悶不樂。

失落。

好一會兒之後，可晴才又說：

『希望友慈這一次能夠開花結果囉。』

「喔。」

『難得眞能遇到一個和她相配的男人嘛。』

「嗯。」

『說到我老公——』

「怎麼突然說到妳老公？」

『因爲反正我說什麼你都嗯啊喔的，所以我乾脆說說我老公好了。』

「喔。」

『小紀說他想去上海。』

「啊？」

『有個更好的工作機會什麼的。把眼珠子收好、再一次。』

「怎麼這麼突然？」

『沒有很突然、其實，只是我一直憋著不想說，因爲我超級不贊成的。可是小紀好像眞的很想去，說什麼他一直待在學術界，早就想要到實務界去闖闖了。哎～～我不知道啦！好煩。』嘆了口氣，可晴問我：『你都沒發現我們最近在冷戰嗎？』

「現在發現了。」

『呸！許笨蛋就是許笨蛋。』

「好啦。那妳呢？」

『小紀要我跟他過去啊，因爲反正小小紀也還小，而且我好像一直在抱怨每天要早起工作有夠累什麼的。不過重點是一年才見一次面，這還算夫妻嗎？』

「聽來妳是要到上海去當少奶奶囉？」

『還能再酸嗎？你。』

「某人不是一直嚷嚷著想要過著每天喝下午茶的貴婦生活嗎？」

『喔、對啊，但我的夢想貴婦下午茶，地點應該是要在台灣，而且是台北，重點是對面要坐著的人是你們好嗎？』可晴沒好氣的說：『你何不再繼續酸我打麻將的事呢？』

「是啊，那不是很好嗎？到了上海可以和其他的貴婦們邀約打麻將，省得我們一直被妳盧著要去學會打麻將。」

『還眞的給我接下去講喔。』

哈。

「友慈知道了嗎？」

『稍微提了一下但還沒有說，我怕她一下子打擊太大。先是你要走，然後我也要走，這樣她會變得很寂寞吧？』

「那個女人這麼忙，哪有時間寂寞。」

『少裝了、許瓏勳。你明明都知道。』

「……」

『她行程再滿也會硬是把星期日給空下來的。』

「還有電話也是。」

『嗯？』

「明明在趕稿或者是在睡覺，也會硬是接電話，然後開始抱怨吵到她趕稿或睡覺，然後就劈哩啪啦的聊了起來。」

『哈～～對。』可晴接著說：『還有馬來西亞那次你記得嗎？』

「當然。」

我記得。那次在馬來西亞有個什麼活動的我忘了，只記得友慈是超級想要去，但日期卻偏偏卡到星期日，結果這女人硬是出錢把我們也帶去。

『眞的是個瘋女人，還親自打電話給我們館長只爲了確定我休假排到了沒有。』

「還有小紀也是，硬是被她要求排假也來，後來補課補得快累死。」

『對對，還有小紀也是。』

「還說什麼卜派吃菠菜。這到底什麼意思？」

『天曉得，反正她是個瘋子。』

「不過她是眞的很重視我們的星期日。」

『不過我也是。』

「嗯？」

『很重視我們的星期日，在乎這屬於我們三個人的星期日。』

然後我們笑了起來，是因爲回憶而笑，也是爲了掩飾此刻心底的感傷而笑。

畢竟我們人生中有三分之一的時光，都是和彼此陪伴著度過，失戀時一起過，失意時一起過，一起打發無聊，也一起分享開心，如此緊密的陪伴，陪伴著度過，度過彼此人生中的每一個關卡。

這我們人生中三分之一的時光。

我們眞能適應生活裡不再有彼此的日子嗎？我們已經如此習慣視線裡有對方的存在的畫面了啊。

還有心底，也是。

天下無不散的宴席。好一句風涼話，不是嗎？

『不過還好王醫師在這時候出現了，眞的是對的時間對的人哪。』

什麼叫作對？爲什麼在我聽來卻很刺耳？刺傷了這幾年來我心底最痛的那一塊。我於是悶悶的問道：

「女強男弱不行嗎？」

『咦？』

「女強男弱不行嗎？有錯嗎？」

『呃……你不是才說自己已經從苡詩陰影中走出來了嗎？』

「算了，我也不知道我在說什麼。」

『喔，我懂了。』

「我——」

『沒有對不對的問題，而是適不適合的問題，或者應該說是，兩個人能不能接受的問題。』

「……」

『你們以為自己可以接受，於是你們放手去愛，然而，愛過了這一回之後，你們才曉得，你們原來無法接受，也不適合，這你所謂的女強男弱，你這麼多年來的陰影。』

筆直的凝望進我的眼底，可晴說：

『所以你們分手了，所以你們沒敢再放手去愛。』

「哪個你們？」

『兩個你們。』

「……」

氣氛有點僵，而且其實沒有必要這麼僵，於是起身離座去到櫃檯買了兩塊蛋糕回來之後，我把話題拉回先前：

「不過現在反正直航嘛，我猜她八成會每個星期日飛去上海找妳喝酒。」

『哈，你和我說的一樣，不過當時我說的是、我有個朋友而不是我自己，許瓏動你請切記也先別告訴她。』

「做好心理準備吧、黃可晴妳。」

『雖然我原先的幻想畫面是：你們倆一起飛來上海找我啊。』

「呵。」

『不過紐約呢？眞是太遠了啊。』

「嗯。」

『你是眞的想要那份工作，對不對？』

「嗯。」

『放手去追求吧！你總是想得太多卻做得太少。』

「工作嗎？」

『反正不是工作就是愛情，』可晴繞口令似的說，『反正不論是工作或者是愛情，現在都還來得及。』想了想，可晴又說：『我覺得現在都還來得及，只是不曉得該不該來得及。』

「……」

上車，開車，回家，回可晴家。

『沒有人只是他表面上看起來的樣子，』突然的，可晴說，『而愛情也是。』

「妳今天晚上幹嘛一直說火星話啊？」

『聽不懂就算了，但是請記得把這句話放進腦子裡，必要的時候拿出來想一想。』

「什麼必要的時候？」

『就必要的時候。』

「……」

『喔、還有，差點又忘記。』從包包裡拿出CD，可晴說：『友慈說你再不拿走她就要開始收租金了。』

「這什麼？」

『梁靜茹的專輯啊，小顧送的，你忘了？』

「喔。」

『可憐的小顧，好愛瓏動。』

「閉嘴啦，吵死了。」

『哈～～』伸了個大大的懶腰，可晴說：『好美妙的夜晚，今晚。』

「什麼鬼？」

『好像什麼都可以藏在這夜呢。』

「說什麼啊？」

『哎，不懂就算了。』指著CD，可晴說：『放來聽？』

「喔，好啊。」

在梁靜茹〈用力抱著〉的這首歌裡，我們，沉默到底。

詞／小寒　曲／朱敬然

我心裡也有的忐忑　曾經你也勇敢抱著
思念還有歌　唱著我無法對你割捨
相信我們傷的心會癒合

當歌唱完之後，可晴關上了音響，轉頭她望著我的臉，她告訴我：

『這樣不是很好嗎？瓏動你呢，等回了你最愛的苡詩——』

「我——」

『好好好，我換個說法，瓏動你呢，終於遇到了伯樂，眼前有份大好的工作等著你點頭答應。』

「然後？」

『然後友慈她呢，終於找到了她理想中的男人，不再過度美化、也不再過度挑剔，而且和她處得來、也願意對彼此好好對待的理想男人。』

「然後？」

『然後這樣不是很好嗎？但爲什麼你們看起來都不快樂？比從前還不快樂。』

問得好。

我於是問可晴：

「那如果反過來呢？友慈等到了最愛，而我終於找到了對的人？」

結果，可晴這麼說：

『喔，那你們就相愛了。』

我當下心頭一震，而歌，又被可晴repeat了一次。

心裡的忐忑　時間跟我說會好的
決心放好了　這一次非你不可
若這不是愛　那有過的是什麼

——所以你們分手了，所以你們沒敢再放手去愛。

——哪個你們？

——兩個你們。

好像什麼都可以藏在這個夜裡。

最後，我想起可晴方才這麼說過的。

第六章

◆之一
鄭友慈

莫名其妙的一天，我的這一天，改變我們之間的一天，這、決定性的一天。

這一天是從可晴的來電開始，我電話才一接通，她劈頭就問道：

『所以怎麼樣？瓏動告訴妳了嗎？』

「告訴我什麼？」

停頓。

「他應該告訴我什麼嗎？」

更長更久的停頓。

然後我就起疑了：

「黃可晴。」

『喔，哈哈。』在一陣彷彿是爲了拖延時間而笑的笑聲之後，黃露出馬腳可晴終於說：『就是那個啦，星期六要不要來我家吃晚餐啊？』然後，她突然想到什麼似的、說：『找王醫師一起來嘛，他星期六晚上要看診嗎？』

「不用。星期六幹嘛突然要去妳家吃晚餐？還有、幹嘛突然要找王哲修一起？」

『哇唔唔，怎麼搞的我突然有個錯覺是眼前有把大大的探照燈正在對準我啊？』

「正確，還有根手指頭正指著妳鼻子要求妳提供昨天晚上的不在場證明啦。」

『哈～有夠厲害友慈妳，總是能夠捉住我笑點。』

「哈，有夠白爛可晴妳，到底星期六晚上要幹嘛？再不老實說小心我立刻衝去把妳的手指頭往抽屜縫夾！」

『喔，好暴力。就……歡送瓏勳啊，他沒跟妳說喔？我剛要問的就是這個啦，眞的。』

少來！

「他決定要去紐約了？」

停頓，小小的停頓。

『不是他啦。』然後，可晴又快轉似的說：『許笨蛋只是要從我家回他家而已，他們家已經重新裝潢好了，尤其是許家姐姐的房間，整個美輪美奐到活像精品旅館啊。所以聽來瓏勳是眞的什麼都沒跟妳說？』

「到底要跟我說什麼啦？」

我差不多已經快想殺人了。

『那個混帳！』可晴聽來也想殺人了，她在電話那頭碎碎唸著：『眞是不可靠的傢伙！他明明就猜拳猜輸耶！』

「黃可晴！」

『好啦，兩件事報告。一呢，是苡詩想見妳一面，說是有重要事情商談。』

「我才——」

『實不相瞞聽了之後我也覺得很重要，所以未經妳同意就給了她妳家地址，剛剛她打來電話說已經找到妳家了，要見不見她就隨妳便囉。P.S.，最後這一句是我說的不是她說的，請不要搞錯然後遷怒她。再P.S.，抱歉我擅自作主。三P.S.，請不要殺我。哈哈！』

「妳這吃裡扒外的傢伙！」

不理我，可晴繼續說，她旋風似的快快說：

『第二件事情報告，我要去上海了，下個月。所以如果妳要殺我的話可能得儘早。最後一個P.S.，所以星期六不是瓏動的歡送會而是我們的。唔。』

「啊？」

『那天我說的，所謂我有個朋友其實就是我。』她喘了口氣，繼續碎碎唸：『那個混帳王八蛋瓏勳，他明明說要順便幫我說的！以上。』

「順便？」

然後可晴就掛了電話。

眞是混帳王八蛋一枚。喔、不，是兩枚。

順便說什麼？他本來是要說什麼？

呆望著手機，我都還沒消化完這是怎麼一回事時，警衛就打了內線電話上來，他告訴我樓下有我訪客。我眞驚訝他說的不是：鄭小姐，樓下有您訪客，而且是個大美女！喲荷～～妳是不是能給我她的電話？

這不是我單方面的想太多，而是我眞的無法不注意到警衛他聽起來非常愉快，打從我搬進這棟大樓以來就從沒見這警衛愉快過，連愉快的邊邊都沾不上、眞的，他總是無精打采並且怠忽職守，他非但不尊重他的工作，他甚至很明顯的痛恨他的工作，或許還有他的人生。

他尤其痛恨我。

因為我曾經向管委會投訴過他幾次（喔、未來也還是會再這麼做的）：趴著睡覺，漏收信件什麼的。但此刻他對我友好得要命，我懷疑他甚至想對我稱兄道弟搏感情，只因為苡詩。

大美人苡詩。

下樓，一見著面，連客套也不想、更別提是打招呼什麼的、我直接告訴她：

「我很忙，我剛剛才從座談會回來，而且我還有稿子得寫，更別提晚上我還有個採訪。」然後，我又重複了一次：「我真的很忙。」

我甚至在心底算著要不要告訴她我的時間有多麼昂貴？不過想想算了，這警衛雖然懶散但卻八卦得很。我注意到他正在側著身體偷聽我們的對話。不知道是不是我錯覺？但我真的覺得他正在流口水。

『不會耽誤妳太多時間的。』

相較於我的明顯敵意，苡詩倒是客客氣氣的這麼說。

「好吧，我可以給妳兩分鐘時間。」

然後她就楞住了。

哎～～果眞朋友的差別就在這裡：他們會曉得你什麼時候開玩笑什麼時候說眞的，而妳可從來就用不著解釋。

「開玩笑的。」我沒勁的解釋，「請上樓吧。」

不會耽誤妳太多時間。苡詩起先是這麼說的，但結果誰也沒想到的是，我們居然就這麼聊去了一整個下午，有一度我甚至激動的想要緊緊擁抱她，還想問她、我們能不能保持聯絡當好朋友？

不過那是後來，而這會兒——

『妳沒什麼變哪。』

這是她開口的第一句話，然後立刻就把我給惹毛了。

這句話如果套用在苡詩身上絕對是個恭維、或者說是讚美；但用在我身上可能就是個詆毀。喔、老天！我們就見過那麼一次面，好幾年前在《N.Y. Bagels》的那一次，我以爲我就要和瓏勳相愛但結果卻硬是殺出這個程咬金的那一次！

妳沒什麼變？我是那麼努力的想要讓自己擁有她的美麗，而她居然說我沒有什麼改變？我眞想回答她去他媽的沒什麼變！

那時候的我白白胖胖臉長痘痘，那時候的我才正剛開始學習化妝打扮和品味，請注意是剛開始學而不是已經學會，那時候的我還沒有看清楚自己，那時候的我還自以爲很瘦，那時候自以爲很瘦的我留著糟糕的髮型還有盲從的衣著以及可怕的品味卻誤會自己時髦又美麗！而我是怎麼意識過來這個對於自己的誤會？苡詩，是的，就是苡詩，當時就坐在我對面的苡詩，大美人苡詩！她讓我看清楚什麼叫作眞正的美、時尚和品味，而她甚至什麼也沒開口說就只是坐在那裡、坐在我對面，這樣而已，只是這樣就足夠我自慚形穢！

「這沒什麼好爭的，只要是男人，都會選擇她。」

記得那時候我還這麼安慰自己，然後在回家時邊騎車邊大哭一場。

而此時的此刻，在經過這麼多年的改造、摸索、努力和砸大錢之後，她居然告訴我、我沒什麼變？甚至我們只是並肩站在電梯裡，我都有種我彷彿又變回當年那個醜小鴨友慈的錯覺！我想投訴管委會這電梯裡的鏡子太乾淨了很不祥，我還想把她一腳踢出電梯。

我試著鎭定的告訴她：

「喔、不，我變了很多，這七、八年的時間過去，我變了很多。」

『喔、不，妳的髮型改變了，但樣子沒變，尤其是眼神。』

「喔、不——」

在幾番「喔、不」的雞同鴨講之後，終於我們弄懂了這是怎麼一回事，我指的是我們第一次見面，而她說的是那張照片。

此刻我們盤腿坐在客廳的沙發上，手裡捧著她帶來的熱拿鐵，嘴裡咬著我端出的巧克力，我們聊起那張照片，和我們之間的瓏勳。

「我知道瓏勳拍了那張照片，但我沒想到他還留著，我以爲他刪了。」

第一次見面的時候瓏勳開口想要幫我拍照，我記得。那時候拒絕是因爲覺得這傢伙輕浮；後來瓏勳還是想幫我拍照，而我還是拒絕，是因爲我覺得自己不夠美，怎麼比也比不上他每天拍啊拍的那些年輕貌美到不像話的模特兒們，尤其比不上他的大美人苡詩！

「說起來好笑，無論是專欄又或者任何的公開場合，我都告訴我的女性讀者們、外表並不重要，重要的是自信還有愛自己。但是我自己卻沒有一天不在擔心自己不夠美。」然後，立刻，我警告她：「不過這妳不准說出去。」

『當然。』

我想我是一直活在妳的陰影裡。我想告訴她。

我一直活在瓏勳愛她不愛我的陰影裡。我沒告訴她。

搖搖頭，甩開腦子裡的這些傻念頭，我繼續聊起那張照片，以及瓏勳，我和瓏勳。

「是不是已經一兩年了呢？還真的是忘了，只記得那時候可晴還只是紀太太還不是紀媽媽。那次是我們第一次出去旅行，這裡說的我們指的是瓏勳和我，還有可晴和小紀。」

那時候我和小開分手，其實能不能稱之分手都還是個問題，眞實的情形是他追求我而我讓他追求，我們確實約過幾次會，但幾次下來之後我們立刻發現彼此非常不適合，他太大男人而我太大女人，我們結束得沒有很傷心只是不愉快，是因爲我們其實並不很相愛；他之所以追求我是因爲他到了想要結婚的階段而剛好那階段出現在他眼前的人是我，我之所以讓他追求是因爲我發現自己越愛越寂寞，是的，對於瓏勳，我越愛越寂寞。

每次遇到個我未來的約會對象時，我都會覺得這是種解脫，能夠從對於瓏動這麼多年來的單戀裡解脫出來。

而那一次我以爲我能夠眞正解脫，但結果還是沒有，反而結果我們是因爲瓏動而分手。他認爲有男朋友的女人就不應該再繼續和男性友人單獨見面甚至吃飯喝酒，可能那天我剛好工作太累或心情不好什麼的吧？反正聽了之後我很生氣的嗆他：我還不算是你女朋友，請你不要管我那麼多；而且就算我是你的女朋友，你還是沒資格管我那麼多。

「如果他無法接受我的世界裡有瓏動，那麼我們就分手算了，因爲對我而言、瓏動比他還重要。」倒抽一口氣，我說：「眞不敢相信我當時居然這樣跟他講。」

眞不敢相信，此時的我還眞的這麼告訴她。

好驚訝，眞的好驚訝，這事我從來沒有告訴過瓏動或可晴，但此刻我卻告訴了她？苡詩是不是在我咖啡裡偷偷摻了什麼誠實丸？

後來小開還眞的就不再打電話約我，那時候的我是傷心，不過不是可晴他們以爲的爲了分手而傷心，反而我是傷心的發現，居然我還愛著瓏動，而不是我以爲的我愛著瓏動。

「妳明白這兩者之間的不同嗎？」我問她，然後告訴她：「那是我第三次愛上了他。」

索性我就連這也告訴她。這咖啡眞的被動了手腳對不對？

那次我們去的是日月潭，爲的是花火節，日期是十月。我記得很清楚是因爲最近才上網又查過而已，不知道爲什麼我今年突然好想再去一次。我想告訴自己什麼嗎？

「那照片，」我說，「我其實沒看過那照片，不過我記得好清楚。」

瓏動是如何按下快門，接著我又是如何恐嚇他把照片給我刪掉。

「我以爲他刪了，他說他刪了，我親眼看著他刪了，但沒想到原來他騙我。」

地點是飯店房間裡，時間是早晨，還有剛睡醒正等著下樓吃飯店早餐的、猶豫著要不要化底妝的我。

這就是爲什麼我恐嚇他把照片刪掉的原因。

那次我們訂的是兩個雙人房，女生一間，男生一間，其實大可訂四人房的、沒必要這麼彆扭，但只要一扯到瓏動、我就是會這麼彆扭，我不想要被瓏動看到我卸妝後的樣子，我連星期日的不出門聚會都還是會搽個BB霜，我——

「我想在他面前，可能我還是當年那個害怕自己不夠美的鄭友慈吧。」

那個愛著瓏勳，而不被瓏勳愛著的，自作多情，好可憐的鄭友慈。

喔、天啊，我倒是跟她說這一大缸子話幹什麼？她突然的提起照片幹什麼？她跑來找我幹什麼？

「妳到底找我幹嘛？妳要喝啤酒嗎？」

她搖頭道謝，繼續啜啜咖啡。或許我也該只喝咖啡，待會還有個採訪不是嗎？

我打開啤酒，痛快暢飲。我說：

「奇怪妳不喝？妳以前不是菸酒不忌的嗎？」雖然明知這麼說未免也太不懷好意，但我還是忍不住的這麼說了：「而且還是過度菸酒不忌，哈～～」

『人是會變的。』

好一句人是會變的。以此類推的話，哲修以前搞不好還是個殺人魔也說不定。

「我男朋友也不喝酒，滴酒不沾，說是會起酒疹什麼的。」或許他們才是一對，哲修和苡詩，呿。「每次和哲修出去都只有我自己喝酒，感覺好怪不自在。好啦！我今天眞的廢話太多了，差不多也該聊重點了，妳什麼重要的事情找我？」

『小動拒絕了Paul。』

「誰Paul？」

『我們總監。小動拒絕了我們的工作邀請。』

喔喔喔，我得用力才能忍住不笑。雖然實際上我想要立刻一路跑去擁抱瓏動。

喔，還有踢可晴屁股，對，沒錯！

「哦？爲什麼呢？」喔、天哪！我的聲音聽起來有夠做作！「想必是他英文太破不敢去吧，哈哈～～」

苡詩依舊保持禮貌的看著我，只不過她的眼神這會兒看起來多了點什麼。她說：

『本來我也想不透爲什麼。』直視著我，苡詩繼續的說：『但聽完之後我就懂了。』

「聽完什麼？」

『妳說的話。妳對小動正如同小動對妳。』她依舊是輕聲的說，但語氣卻很重：

『你們一直牽制著彼此，卻又不肯相愛，爲什麼？』

「他又沒愛過我。」

『那不是愛是什麼？』

「……」

『妳說妳以前誤會自己，但在我看來，現在的妳，才是誤會自己。妳有那麼多的優點，但妳卻只盯著自己的缺點看；就如同妳明明告訴自己想要解脫，但妳卻始終不肯放手，妳是，而小勳也是。』

「……」

『你們已經浪費了彼此這麼多年，你們還要再浪費彼此幾年？你們還有幾年可以浪費？』

「……」

『妳知道爲什麼愛會說不出口嗎？』

苡詩說。

你知道爲什麼愛會說不出口嗎？那是因爲你知道，你感覺到，對方不希望你說，儘管，你是眞的愛他，一直都愛他。

『你們彼此相愛，你們倔強著不肯相愛，那是因爲你們明明知道彼此並不適合，可是你們卻又固執的不肯放開手，爲什麼？』

「我得出門了，」我沙啞的說，「採訪，一開始我就告訴妳了，時間——」

『我還沒告訴Paul，我還在等瓏勳考慮。』

「我——」

『他是眞的想要這份工作。他不適合妳，也不適合我，所以我們分手，所以你們相愛卻不敢愛，但他適合這份工作，他其實並不適合小男人，他想要改變，過新的人生，而現在機會來了，不是嗎？』

「妳——」

『妳影響小勳太深了，而我也是。妳有沒有想過，如果沒有遇見我們，他的人生會變成怎樣？』最後，她說：『而妳，還有沒有想過，或許，小勳也想要解脫？如果不愛他，妳就不要綁住他。』

這就是可晴原先想說卻又說不出口的嗎？

在苡詩離開之後，我心想。

她看出瓏勳想走，她猜出瓏勳爲什麼不走；她看出我想放手去愛，她猜出我爲什麼沒有放手去愛。她一直都看在眼底，卻裝傻；而我們也是，不是嗎？

我們都把對方困住太久了，或許，苡詩說得對。

我倔強得好累。

我們或許都累了。

我打了電話取消晚上的採訪，對方聽起來很不高興的樣子，但我實在沒力去管他高興不高興的，我倔強得好累。我想放阿妹的那首〈勇敢〉來聽。

我有更重要的事得做，更重要的人得見，更重要的話得說。

愛情一旦墜入了現實，就不再只是愛情；最純情的愛情，永遠是最無法實現的愛情。我想起陳文茜在《文茜語錄》裡寫過的這句話。我始終參不透這句話對或不對。

而我只是在想：人，不是向現實妥協，就是向自己妥協。所謂的成長就是這麼一回事嗎？這妥協。

我們眞該長大。

我們都已經三十歲了，面對感情這回事，我們卻還不肯長大嗎？

我告訴他。

「我有一個朋友。」

她今年三十歲，她的人生分爲三個十年。

第一個十年，除了夏天的夜晚因爲很熱所以索性和媽媽爬上屋頂吹夜風看星星很快樂之外，她其實沒有什麼記憶。她是獨生女，她的童年很孤獨，雖然現在看不出來，而且說了也沒有人會相信，所以她幾乎不曾提起，但是千眞萬確，童年時期的她是個自閉小孩。

啊，還有一個記憶，不過不是她的，是媽媽告訴她的：她的國小老師很喜歡她，喜歡看著她，看到她就很高興的那種喜歡；有天她穿了一件好公主風的小洋裝上學，老師還特地請她上台讓她看著欣賞好久，放學時老師把這事告訴媽媽，在回家的路上，媽媽幾乎是驕傲的告訴她；她當下是什麼反應已經想不起來，不過往後推想大概會是在心底OS：爲什麼呢？班上最漂亮的女生是謝依珊不是嗎？而且她還會彈鋼琴耶！

她的國小老師叫作蘇雪娥，眼睛大大、頭髮短短，她的女兒很漂亮，活潑又開朗，長得像媽媽，個性也是。她一直想著要找天時間去拜訪蘇老師，去說聲謝謝，去問聲好，或者其他什麼的，可是她一直沒有這麼做，她怕蘇老師已經忘了她，畢竟都已經二十年的時間過去，蘇老師肯定是認不得她了吧？

「不知道爲什麼突然想起蘇老師。人的記憶模式是眞的特別，呵。」

第二個十年她最大的記憶是不快樂，很不快樂。

她開始有個弟弟，她不再是獨生女，她不再孤獨，但同樣的也不再是媽媽視線的重心；不過這沒有關係，她愛她的媽媽，也愛她的弟弟。她的不快樂是源自於青春期的轉變，那是她眞正認識自己的開始，雖然說來每個人都是這樣，但不同的是，有些人是眞的高興認識自己，而有些人則剛好相反，她是後者。

她一直以爲自己長大後會變成像媽媽那樣的女人：美麗，善良，溫柔，寬容，無可挑剔的女人。可結果不。

那時候的她不是醜但也不美，眞的不美，白白胖胖，還長痘痘，雖然已經不再那麼自閉，不過個性還是偏向害羞的多，而且重點是：那時候的她，還看不出來以後會變成一個恰北北的女生。

可是很奇怪的是，那時候的她反而很多男生追。

「她那令人無法理解的過度自信，大概就是源自於那個時期所建立的吧。」

我說，笑著說。

『所以她也想找個時間去拜託那些男生們嗎？去說聲謝謝去問聲好，或者其他什麼的？』

「請閉嘴好嗎？」

『哈～～』

第三個十年她深刻。

從這十年的最初，她開始一步一步走出如今的自己，左腳走努力，右腳走堅持，一步一步都辛苦，一步一步都深刻，一步一步都有他們的陪伴，或者應是依賴，過度依賴；這十年的回憶因他們而深刻，他們，那兩個傢伙，佔據她人生中最精采十年的那兩個傢伙。

她一向就知道自己想要的是什麼樣的人生，所以她努力，所以她堅持，打擊無所謂，挫折無所謂，反正都會過去，反正她知道自己在做什麼，要什麼；她知道自己想要什麼樣的人生，她明白自己喜歡什麼樣的男生。

「所以她花了很多年的時間想要搞懂，爲什麼她會喜歡上那傢伙？」

她搞不懂。

和他相處時，他們自在得像朋友，和他分開時，她又思念得像是情人；有時候她覺得他愛她，但更多的時候她又覺得，他其實只是在乎她，像個對待重要朋友那般的在乎。

心交會的朋友。

她知道他們和其他人不一樣，但其實她想要他們就和其他的戀人一樣，而他呢？

「我想他也搞不懂。」

搞不懂也好，眞的。

『因爲不想被淹沒嗎？』

「呵，是的。被愛淹沒。我們只是比朋友多了一點點，我就已經覺得窒息，被多疑、不安和嫉妒窒息，那不是我想要的我自己。」我說，「太愛一個人，不見得是好事。」

『那我呢？』

「你就是我會喜歡的那種男生，簡直就像是按著模型打造似的契合。」我說，笑著說：「你是剛剛好的人。」

『爲什麼突然告訴我這些？』

他像是在問我，卻其實問的是碧潭的夜景。

因爲我現在正走在抉擇點上面。左腳走理智，右腳走情感，理智告訴我，身邊的哲修是我要的人，對的人；而情感告訴我，心底的瓏動，是我愛的人，愛了好久的男人。

愛得太久。

我該怎麼走？

打破沉默，我告訴他苡詩，我告訴他那份瓏動夢想中的工作，我告訴他瓏動決定放棄不走，我問他這樣是不是困住了他？

「那妳呢？妳想要的是？」

我不知道。

『剛好我想問妳。』

「嗯？」

『我想帶牠回公園。』他說，『牠流浪那麼久，我們都以爲牠會想要有個家，不必吹風淋雨，每天還有人帶牠散步；於是我帶牠回家，帶牠結紮，餵牠吃飯，給牠床睡，就在我家那個說來算大的前院；可是牠不開心，牠常常望著遠方，我不覺得牠比以前快樂。我們是不是困住牠了？』

「……」

我想起我們一起從獸醫院帶牠回來的那天，一方面雖然覺得終於安心了，但另一方面我其實是有點自責的：我是不是剝奪了牠當母親的快樂？這樣眞的是爲牠好沒錯，但這樣真的是對的嗎？我們真的有權利這麼做嗎？

回過神，哲修告訴我：

『所以，當妳擔心自己是不是困住對方的時候，那，妳就是困住他了。』

◆之二
許瓏動

『兩件事情報告——』

「妳以爲現在是開校務會議喔？」

『吼，你很煩。硬是要學鄭同學那熱愛隨便打斷別人說話的個性就對了？』

「一向是這樣啊。」

『許瓏動……』

「好啦。請說。」

『第一呢，星期六要不要來我家吃飯？友慈也會來。』

「喔，好啊。」

『第二呢，友慈叫你把照片拿給她。什麼照片？』

「妳幹嘛不直接問她？」我說，「她幹嘛不直接跟我講就好了？」

『我哪知道。』然後，她又問了一次：『什麼照片？』

沒理她，我繼續問：

「她這幾天是在忙什麼啊？電話沒接也沒回。」

『喔，帥啊！我現在是變成你們兩個的傳聲筒就對了？』可晴在電話那頭嘟囔著，『明明要離開的人是我耶！』

我笑了起來。

『可能她最近工作比較滿吧。』

「她什麼時候工作不滿過？」

『這倒也是。對了，你確定不去紐約嗎？感覺亂可惜一把的耶。』

「這是第三件事情了吧？」

『那乾脆再來個第四件好了。苡詩會待在台灣等你到什麼時候？』

「她又不是在等我。」

『別嘴硬了許同學，都這節骨眼了。』

「什麼節骨眼？」

『呃……』想了想，可晴決定放棄這個難回答的話題，她於是又再一次的追問：『到底什麼照片啊我怎麼都不知道？』然後她就自己演了起來：『你們什麼事瞞著我是不是？就因爲我要離開了所以乾脆就排擠我算了是不是？』

我笑得肚子好痛。

『好啊！那大家就不要當朋友了嘛！反正是個要離開的人了啊！』

「妳很吵。」

『一向是這樣啊。』

我想我們眞的是幼稚，因爲我們就這幾句無聊的話丟來丟去也能說得笑個不停說到手機沒電；我們從十年前認識時就這樣，而十年之後我們也依舊如此。

天啊！

一點感傷也沒有嘛！

看著靜止的手機，我還在這麼感傷著，然而接著下一秒，我才慢一步的疑惑：友慈怎麼會知道那張照片？

想不透。不過我倒是因此想起友慈曾經送我的那個水晶相框——

『施華洛世奇的水晶相框。』送時她還特別指出這點，『很貴。』

「妳眞的是鄭亂買沒錯耶！」而當時，我是這麼說的，「妳幹嘛老是買些自己不用的東西啊？」

『就送人又沒差。』

「可是我也用不到啊。」

『你是攝影師耶！怎麼可以沒有一個像樣的相框呢？』

「攝影師重要的是相機和鏡頭吧？」

『哎～隨便啦。而且很漂亮耶、這水晶相框。』

「這位阿嫂，都什麼年代了，誰還把照片沖洗出來擺進相框的啊？」

『當然就是有特別意義所以需要特地把照片沖洗出來擺進相框裡的照片啊。』

「……」

這倒是個好主意。

太好了！這個閒置那麼久的很貴相框終於派得上用場了。

——那如果反過來呢？友慈等到了最愛，而我終於找到了對的人？

——喔，那你們就相愛了。

從相館回家的路上，我腦子裡一直浮現和可晴的這段對話，不，其實這幾天來，我一直在腦子裡重複回想這段對話，我一直打電話給友慈，可是她一直沒接我電話，沒接，也沒回。

可是那天我才知道，原來友慈是在刻意疏遠我，或者應該說是：保持距離。她想要把我們之間的距離拉開，拉出整個太平洋的寬。

星期六那天我最晚才到，因爲我先送苡詩到機場。

在機場大廳，她說：

『我會先回上海待半個月處理事情，然後再去紐約和他們會合。』

「回上海。」

『嗯？』

「沒有。」

『喔，』她想了想，然後笑了起來：『回這個字。』

「呵。」

『無論如何，這個。』拿出一紙素面淺紫色信封，苡詩將它遞來給我：『是半年期的機票，飛紐約的單程票，本來就買好的。你還是留著吧。』

「苡詩——」

『裡頭還有我在上海和紐約的聯絡方式，但其實你早就已經有了，名片上就有了，再說一次只是眞的希望你能來。』

「我——」

『如果你們今年有去日月潭的花火節，別忘記多拍幾張照片放在你的部落格，好嗎？我很想看。』

「妳怎麼知道的？」

『我去找過友慈，前幾天。』

原來如此。

『無論如何，』她又重複了一次，『很高興再見到小勳。』

然後，她給了我一個擁抱，離別的擁抱，在機場的大廳，熙來攘往。

『代我向可晴問好，謝謝她今天邀請我，但我想，我還是無法融入你們的世界吧。』

「……」

『本來以爲，這次可以不用一個人搭飛機了呢。』

「抱歉……」

抱歉沒邀請妳，抱歉沒答應妳，抱歉……

『嘿！』

「嗯？」

『謝謝你愛過我，那幾年。』

「呵，說這個就太彆扭了吧？」

『就是已經能夠不彆扭才說的啊。』

「是個道理。」

『呵。』

指了指我手中的紫色信封，最後，苡詩揚起手，她揮了揮手，她轉身，她離開。

她沒說再見。

到達可晴家時已經是八點過後。

左手我拎著北京烤鴨，右手掏鑰匙，邊打開大門我邊說著：

「聽說今天是紀媽媽下廚，所以我想大家應該會需要這烤鴨。」

『喔，謝謝你的恭維啊、許同學，我眞的好感謝你的鼓勵耶。』可晴又氣又笑的說。

『嗨，瓏勳你來啦，以後還要麻煩你幫我們找房客囉。』小紀說。

『啊噗～～』小小紀說。

而至於友慈，則是反常的一句話也沒說。

放下手邊的東西，才想開個玩笑問她怎麼？嘴巴痛嗎？的時候，我聽見廚房裡有個陌生男聲開口問：

『客人要負責洗碗眞的是你們的傳統嗎？還是誆我？』

他笑嘻嘻的擦乾手，接著他打開手中的白酒，最後他的眼神落向我：

『喔，嗨。你一定是瓏勳對吧？』

「呃，欸。」

『你好，我是王哲修。』

「你來幹嘛？」

我差一點就要脫口而出了，眞的差一點就要這麼脫口而出了，但是還好我沒有，還好我只是握了握他伸出的手；大而厚實的手，我突然想起友慈總愛嘲笑我又細又修長的手，『眞是個美女會有的手，哈～～』友慈總是這麼說。

我注意到那是一雙友慈會喜歡的手，我注意到他是一個友慈理想的男人；我突然覺得有點不是滋味。我好像可以理解，友慈當時的感受，當時帶著苡詩一起來到我們聚會時，友慈當下的感受。

我告訴他、酒讓我來開吧。

『喔，謝啦，剛好我手滑滑的。』

「她們騙你的。」

『嗯？』

「洗碗，是猜拳輸的人去洗的。」

然後他爽朗的笑了起來。

友慈的男朋友。

我心想。友慈的男朋友裡我只見過大凱一個，而那已經是十年前的事了。那時候我們剛認識不久，當我們認識之後就再也沒見過友慈的男朋友了，主管沒有，小開沒有，『等我找到個確定會和他交往下去，而且是認眞交往下去的傢伙時，再帶來給你們認識吧。』友慈說。

於是，好幾年後的現在，我看著眼前這個傢伙，友慈確定會交往下去，而且是認眞交往下去的傢伙。我不知道此時此刻我心底是什麼感覺。我以爲我們不會見到他，我以爲他會只是個約過幾次會、但結果又發現彼此不適合的傢伙，我以爲他也會被友慈歸類成那樣的傢伙。但這會兒我們見了面。

我不知道我是什麼感覺。

我一直害怕著這一天會到來，可是很矛盾的，我卻又害怕這一天不到來；感覺好像延長賽，延長了十年的感情賽，這、我們的比賽，感情賽。我——

「喔，謝啦。」

接過可晴遞來的酒杯，我說；我接過可晴遞來的酒杯，我閃過她丟來的眼神，我開始倒酒。

節骨眼。我想起可晴在電話裡說過的這節骨眼，那時候我不知道這三個字什麼意思，我以爲我不需要去知道這三個字什麼意思，而現在，我恍然大悟。

我啜啜白酒，冰透的白酒。

我發現友慈沒喝酒。友慈一向愛喝冰透的酒，啤酒或白酒，『醒來的第一件事情就是打開冰箱喝杯冰透的酒，這是旅行中最快活的一點，哈！』友慈說。

她怎麼了？

「妳是懷孕囉？難得看妳不喝酒。」

『我男朋友不准我喝酒。』

我楞了一下，楞了很久的一下；我想判斷她這話是在開玩笑還是說眞的，我判斷不出來。我直接問她：

「妳是在開玩笑還是說眞的？妳是鄭友慈嗎？」

『喔，哈哈。那可能我是新的鄭友慈吧。』她說，『那你也該去當新的許瓏勳了。』

然後友慈從我面前走開，她興高采烈的走向可晴：

『喂！現在是幾點？該死！今天是《痞子英雄》的完結篇耶！錯過一分鐘我會死！』

『不是吧？妳要回去囉？許笨蛋才來沒多久耶。』

『現在回去剛好九點啊，而且趙馬克好帥！告訴妳，我是連片頭曲都不願意錯過的。』

『留下來看不就好了？我們家許笨蛋長得也像趙馬克啊。』

『喔，拜託哦～～』

她們兩個就著這話題吵了起來，吵得面紅耳赤，吵得不可開交，吵到九點一到才終於打開電視安靜下來。

心情欠佳。

不知道爲什麼，此刻我的腦子裡突然浮現這四個大字，我於是悶悶的走到廚房外的陽台，點了根菸，抽。

「看來是不會再有第四次了吧。」

我問著夜晚的街道，也問著夏夜裡的風，結果身後冒出個聲音問我：

『什麼第四次？』

「嚇我一跳！」

『抱歉啊。』

他說，然後笑了起來。

我想問他是本身就那麼愛笑，還是因爲他知道自己笑起來好看所以動不動就笑？我想問我自己幹嘛敵意那麼重。

我問他：

「聽說你禁止友慈喝酒啊？」

『沒有啊。』他一臉的不解，『她也沒有禁止我讓看診的阿嬤們吃豆腐，哈。可以給我一根菸嗎？』

「醫生也會抽菸喔？」

『醫生也是人哪。』他又笑了起來，『不過我戒了很久，兩年應該有吧？嗯對，兩年。兩年前我爸爸肺出了問題生病住院，所以我就調回家附近的醫院就近照顧他，也順便陪著他一起戒菸了。不過偶爾還是允許自己抽根順手菸的。』

「喔。」

兩根香菸，兩個男人，想著同一個女人，在這夏夜。

「或許我也該戒菸了。」

『嗯？』

我現了現指間的菸。

「什麼叫作新的鄭友慈？又什麼叫作新的許瓏勳？」

我是很想這麼問他的，可是這麼問了的話八成會讓他誤會我是個神經病，所以我沒問，我問的是：

「你是眞的愛她嗎？」

『喔，我知道你想問的是什麼。』捻熄了手中的順手菸，他說：『適婚年齡的男女談戀愛是有這困擾，他們總是會被旁人——喔、可能包括對方也不一定——誤會是眞的愛著嗎？又或者只是年紀到了所以想找個結婚對象而已呢？』

「呵。」

『我承認年紀不同，我會喜歡的女性類型也不同，不過我可以很由衷的告訴你也告訴我自己，不管是在什麼年紀遇到友慈，我都是會愛上她的沒錯。』

「嗯。」

『確實我們是到了適婚年齡，喔、好吧，可能在很多人看來我應該說是過了適婚年齡。』他自嘲的笑了起來，『不過這事其實無所謂，你看我的穿著就知道，我不太在乎別人的眼光。說到這、你可不可以幫我暗示友慈、別再嫌我邋遢了？衣服是乾淨的只是皺了點啊又沒關係。』

「哈～～」

『好啦，不要亂開玩笑了，可能就是因爲這樣不正經所以常常被阿嬤們吃豆腐吧。阿嬤們是眞的很會吃豆腐啊。剛說到哪？』

我笑著回答他：「適婚年齡。」

『喔，對，適婚年齡。這事無所謂，我指的不只是適婚年齡，也包括結婚生小孩那一缸子的事情，反正就是傳統的那一套；有也好，沒有也好，順其自然就好。』

他扮了個鬼臉，我發現我好像開始喜歡上這傢伙了。

『我們會不會有未來、我指的是傳統的那一套，不知道，但我知道我們是眞心相愛，也認眞對待，而且，實不相瞞，有時候想想我還滿慶幸我是到了這年紀才遇見友慈的，如果是再早個十年、十五年的話，我還是會愛上她的沒有錯，但是我很可能就沒有足夠的成熟度去知道去了解如何接近她、愛著她。搞不好我甚至會怕她也不一定。』

「呵，這話說得好。」

『愛得剛剛好，她這話說得好。我沒有在影射你的意思。』

「咦？」

轉頭看著我，他正正經經的說：

『我知道你們的狀況，你和友慈。』

「……」

『友慈告訴過我。』然後，立刻，他又開起了玩笑：『你覺得她是故意說了好讓我提分手的嗎？』

「呃……你這玩笑還滿危險的。」

『哈，好啦。不過我可能會明白你說的什麼第四次。原來你也有前三次。』

「也？」

『愛不應該是牽制，』他沒理我，他繼續說，他正經的說：『你看棒球嗎？』

我楞楞的點頭。

『我是個棒球迷，小時候就立志要當棒球選手。』

紅葉傳奇。他忘情的讚嘆了起來。接著他說起小時候他是如何央求他爸爸多告訴他一些關於紅葉傳奇的感動，又是如何在放學後和他爸爸拎著球套和球棒去到草皮上練習接投球。

『可是國中的時候才知道我不是那塊料，體育太差，又跑不快。而且有次被球打到臉，立刻就決定好好念書、坐在觀眾席看球就好，哈～～』

然後他又說了一次牽制。

『看球賽的時候，我最痛恨投手一直牽制一壘的跑者了，煩得要死、又打亂節奏。

愛盜壘就讓他盜嘛！你難道就不能專心的解決打者就好嗎？』想了想，他又說：『不過當牽制的是二壘上的跑者時就例外，那是對決了。』

「嗯。」

雖然不知道他突然的提起這個幹嘛，不過我倒是也加入了這個話題，發表自己的意見，我告訴他我最恨的是觸擊戰術，尤其是前五局就開始用起觸擊戰術，簡直小鼻子小眼睛得要命。

「只要場上開始觸擊戰術，我就起身跑去尿尿或開冰箱拿啤酒喝，因爲廣告還比這好看。」

他痛痛快快的笑了起來：

『下次一起看球賽好嗎？和你一起看球賽一定很有意思！』

「呵，好啊。」

『能夠親自到紐約看王建民丟球一定很讚吧。』

「嗯？」

『紐約，雖然我弄不懂那是怎麼樣的工作，對你而言有什麼樣的意義，不過我知道她們是眞的希望你別放棄。』

然後，他說：

『不該再牽制彼此了啊，你們。』

兩根香菸的沉默之後，我聽見我說，開始說：

「禮物……」

『嗯？』

「友慈她很喜歡送別人禮物，鄭亂買，這我們給她的綽號；可是希望你別約束她，因爲那是她的快樂，而且她負擔得起，她不會花超出自己能力範圍的花費，她雖然熱愛亂買，但這點她很理智。」

我告訴他，當友慈買禮物送給他的時候，不論你喜不喜歡那禮物，都請假裝很開心，因爲那就是她之所以爲對方買禮物的動機：她喜歡看到對方收到禮物時開心的表情。

「可是相反的，你如果想送她什麼禮物就請直接先問她，因爲她不喜歡收到不適合的禮物還假裝開心，這樣她會一邊假裝開心卻一邊又因爲得假裝開心而生氣。」

『呵。』

「還有剝蝦子。」

如果你們用餐時遇到餐盤裡有蝦子，請主動幫她剝好，這樣她會覺得你很體貼，而且她眞的很愛吃蝦子，可是卻懶得剝蝦子；不過要記得先洗手，體貼，她眞的很注意體貼這件事。

「如果願意的話，請在車上或包包裡放條護手霜。」

這樣她發現的話就會很高興，她會很高興的嘲笑你娘炮，但別擔心這影響她對你的觀感，她很多的嘲笑還有很多的毒舌都只是開玩笑而已。她不會因爲一條護手霜而不愛你的。

「還有止痛藥，這點很重要。告訴她別再依賴止痛藥了。」我語重心長的說。因爲那眞的很傷胃。

「還有簡訊，她會偷看你簡訊，這點很糟糕，不過她眞的需要這麼做，雖然她是個恰北北，可是她其實沒有什麼安全感，所以簡訊請留著別刪好讓她偷看。

「還有簡訊裡的寄件備份，也留著別刪讓她偷看，這是她的偏執我覺得，不過她眞的認爲會把寄件備份刪掉的人很心機。

「還有……」

還有，我難過得鼻酸了起來，鼻酸得無法再往下說去。

我想留下來，而她卻要我走。我難過的想。可是我又沒有要她愛我，可是這卻成了牽制，情感上的牽制，這阻礙了她，他們，是嗎？

我難過的流下淚來。

第七章

◆之一
鄭友慈

最後一次的星期日聚會。

「也不用爲此特地飛回台灣吧？」

我笑著告訴可晴，雖然實際上我眞正想說的是：妳何不立刻就搭下一班飛機回來呢？

『反正直航很快的嘛。』在電話那頭，可晴說著；『而且我也想親自給許笨蛋送行啊！欸、說到這，苡詩要我代她向妳說聲謝謝，果眞還是要鄭同學妳親自給許拖拉瓏動推一把才行的啊！』然後，她咕了一聲：『搞半天我還是成了妳們的傳聲筒，再這樣下去的話我都想要開始收費囉。』

「愛學人。」

『哈～～好啦，我要掛電話了。』話雖然是這麼說著，但是接著可晴卻還是繼續的說：『小小紀現在變得超黏我的啦，哎、這也是沒辦法的事，人在異鄉哪、只有我們母子倆相依爲命啊。』

然後她再一次的抱怨起小紀的新工作忙碌、回家都好累……

我忍不住笑著提醒她：

「第八次囉、紀太太。」

『好啦好啦，我這次是眞的要掛了，妳知道小孩子是眞的以爲他們能飛的嗎？哎～～』電話那頭傳來她吼小小紀的聲音由近而遠、再由遠而近，然後，她又繼續扯著：『欸，不過，妳想許瓏動會幫我買個Tiffany嗎？美國是不是便宜很多啊？』

「妳幹嘛不自己去問他啊、傳聲筒。」

『呿，好啦，第九遍：我要掛了。還有，』還有，『你們要一起來給我接機喔，幸好是小小紀他奶奶思孫情切、親自飛來上海過週末哪，這機會可不是天天有的，所以我要一下飛機就看見你們兩個都在，OK？』

「知道啦。」

眞的懷念，那段我們想見面就見面的好時光，眞不希望只能是懷念哪！

難怪藤子不二雄會創作出哆啦A夢這套跨世代的不朽漫畫，因爲他明白，人長大之後，眞的會有那麼多的不想失去。

失去。

成長。

懷念。

星期日。

才喝下今天的第一罐啤酒，並且明知不健康但卻很過癮的吃品客洋芋片當作早午餐時，才想著該不該打個電話給瓏動，又、該如何開口還能不彆扭時，手機就響起了他的來電。於是我發現，於是我明白，所謂的眞感情就是這麼一回事：即使是經歷過彆扭、爭吵和疏遠之後，在電話接通的那一瞬間，我們依舊能夠回到從前，不費力氣的就回到從前。

「心電感應。」

我笑著說。

『什麼心電感應？』

「我才正好拿起手機準備打給你啊。」

『那還眞是嚇壞我，不過不是被這心電感應嚇壞，而是這時候妳居然就已經醒了。才想冒著被掛電話的風險叫妳起床咧。』

「這也是沒辦法的事，誰叫你的黃同學要搭那麼早的飛機。」我說，「而且我不但是早就醒了，還已經在吃我的第一餐了咧。」

『我怎麼好像聞到品客的味道？』

「還有啤酒，」我笑了起來，「今天剛好是我一個月一次的自我放逐墮落日。」

『那明天切記別穿太合身的衣服，會氣餒。』

「你人眞好，何不順便提醒我明天妝要上很厚，不然會氣哭呢？」

『喔，正打算要提。』

「呿。所以咧？有要過來接我的意思嗎？」

『哪一次沒載過妳……』他在電話那頭小聲嘟噥著，『妳的王醫師咧？』

「噢，他今天放假，放感情假。」

『好個感情假。』瓏勳不安好心眼的笑了起來：『小心放成了長假。』

「謝你喔。我呸！」

『哈～～』

「滾過來啦，許廢話。」

『妳有時候真的是應該禮貌一點。』

「哈～～」

上車。

在繫安全帶的同時，我順勢望了一眼空盪盪的後座，我的眼神被瓏動截住，瓏動笑著說：

『等一下就會有人坐在那裡了。』他又說：『一個有夠吵的女人。』

「哈，對啊。第一次看後座是空的安靜的，還眞是亂不習慣的。」

『也不是第一次啊。』

「喔，對。」

不是第一次，我們單獨在這車上，也對。不過卻總是在前往接可晴的路上，又或者先送完可晴回家的路上；不是第一次，當然。但絕大多數的情形是，可晴坐在後座，傾身向前猛聊天，叭啦叭啦的嘴巴剛好就落在我們的耳朵中間；瓏動總說那個姿勢的可晴，實在很像一隻大的黃金獵犬，而且就是他們家的黃金獵犬佛佛。

『只差不會流口水而已。』

每次瓏動總會補上這句話，每次說完我們就會哈哈笑個不停，接著我們又會就我們總是同一個笑點卻笑個沒完的這件事情繼續笑個不停。

好怪的我們。

好怪。我從來沒有問過爲什麼總是我坐在前座，但其實我滿高興從一開始可晴就主動往後座坐去。瓏動的側臉很好看，我忘記我是不是曾經這麼告訴過他，不過我想依照我的個性應該是沒有，正如同我也從來不曾告訴過可晴，每當她累了睏了把頭倚在瓏動的椅背歇會時，我總會覺得那個距離未免太過靠近也太親密而生起悶氣來。

天哪。我眞的愛過這傢伙，太愛這傢伙。還不是他的女朋友，我就已經這麼愛，毫無理智的愛；萬一我眞的變成他的女朋友呢？老天！我一定會變成一個過度猜忌又不可理喻的討厭女人吧？

還好沒愛。

但，眞的，還好沒愛嗎？

『妳搖頭幹嘛？我開太快了嗎？』

「沒有，我剛好耳朵癢。」

『喔，可能是那女人正在想妳吧，耳朵癢好像代表某人正在想著妳。』

「是有這迷信，」我若有其事的告訴他：「但其實耳朵癢純粹只是身體在排毒。」

『知道啦，受不了。』

然後瓏動笑了起來。我想告訴他，往後在美國的日子，他的身體可能會一直一直在排毒，排個沒完沒了的毒。

思念毒。

『妳上個星期日在幹嘛？』

然後我就笑了起來，因爲我也正打算這麼問他，第一個我們不再見面的星期日，他，怎麼過？

心電感應，眞的是。

「一個人待在家裡整理房子哪。」我說，「相信嗎？都搬進來一年多了，我還眞的沒整理過房子耶。」

『這沒什麼好不相信的啊，又不是沒看過妳房子。』

「喂！」

他加碼的說：

『而且還眞的是一路看著妳的房子是怎麼從空間很夠到變成塞爆的。』

「喂喂！」

『哈～～』瓏動得逞似的笑了起來，『還以爲妳會去約會。』

「喔，沒有。感情假嘛、那天也是。」我說，「而且已經習慣了星期日不見人的生活了。」

『喔、謝啦，我和可晴不是人是畜生就對了？』瓏動又氣又笑的說：『果眞不愧鄭友慈，罵人不必帶髒字啊。』

「說得好，哈～～」

『嘖。』

「你咧？」

『陪我媽去採買東西囉，反正也沒事做。』反正也沒事做，他怏怏的低聲說道，然後他換了個語氣，他說：『有夠會買的，提得我手差點沒中風，這點妳跟我媽眞像。』

「果真不愧許媽寶。」

『感謝妳這麼久才又提起我是媽寶喔。』好記恨的、瓏勳囉嗦了起來：『如果晚回家的話，當然是要打電話先跟媽媽說一聲啊，這跟年紀大小沒關係，純粹是不想讓媽媽擔心啊。』

「好啦好啦吵死了。」

『嘖。』

「是我耳鳴還怎樣？你幹嘛一直repeat這首歌？」

『好聽啊。』

「喔，梁靜茹？」

『嗯，用力抱著。』

過了好一會，瓏勳才又說：

『其實還滿想打電話給妳的。』

「嗯？」

『星期日那天，其實還滿想打電話給妳的。已經習慣了啊、星期日要見面的日子，突然的沒見面，還眞的很懷疑那天眞的是星期日嗎？一直翻日曆的看啊看。』

「……」

『後來就乾脆開車跑到妳家樓下看看，結果燈亮著，原來是在打掃房子，還以爲是變成了你們的星期日。』

「瓏動——」

『好啦，不說這些了，不然妳又不理我。』他苦笑，『只剩下一個星期了，我不想走得太遺憾啊。』

指了指置物箱，他換了個話題，他說：

『照片。上次在可晴家的時候就帶去要拿給妳了，結果搞到最後卻忘記。』

打開置物箱，拆開硬紙盒，望著水晶相框裡的照片，我楞了好久。

——誰還把照片沖洗出來擺進相框的啊？

——當然就是有特別意義所以需要特地把照片沖洗出來擺進相框裡的照片啊。

「不是我以爲的那一張。」

我低低的說。

我一直以爲是在飯店裡瓏勳開玩笑似拍下的那張。當時我剛起床，梳洗完畢坐在房間椅子上，望著陽台的窗、我等可晴盥洗，也猶豫著要不要上點底妝再下樓吃早餐，我記得。之所以會記得的原因，是當下我心底想著在旁人看來、我們會不會像是兩對戀人？可晴和小紀，而我和瓏勳。就是在這麼呆想著的時候，我聽見身後的快門聲，轉頭我看見瓏勳就站在我身後，得逞似的笑。

接著我說了什麼？印象有點模糊了，眞的模糊了；可能我恐嚇他，想必我警告他，我十分確定接著瓏勳是當場就刪了那照片，可是不知怎麼的、我就是不肯相信他。

其實我一直就沒相信過他。爲什麼？是潛意識要我這麼做的嗎？自我保護？

潛意識裡我還是九年前那個鄭友慈，以爲我們就要相愛了，但結果他卻別戀苡詩的鄭友慈，受了傷，傷很重，卻無人可說的鄭友慈。

那個鄭友慈，她什麼時候肯走？什麼時候肯放開我？

「我不知道有這張照片。」

此刻，我說。

而照片裡的我，看起來好快樂，我沒看過我那麼快樂的神情。

快樂得美好。

那是前一天的事，我們才check in之後，在等待飯店晚餐之前，我們放下了行李，也放下了心情，我們走向日月潭；而時間是黃昏，照片上左上角還有夕陽的餘暉記憶著這一點。我想起來了，是的，當時我們正走向日月潭，我和可晴走在前面，他和小紀走在後，照片裡的我突然想到什麼好笑的事情，於是轉身向後想要告訴他，於是那一瞬間，照片被拍了下來。

他角度捉得剛好，他時間捉得剛好，於是照片裡的我，回眸一笑。

爲什麼當時的我沒有恐嚇他？沒有警告他？甚至忘記這件事？

我沒看過那個表情的我，照片裡的我，好溫柔的笑著，笑著快樂著。

我笑了起來，在此刻。

『看不出來是個腳扭到的笨女人吧？』

我想說些什麼，就像我們往常那樣的鬥嘴什麼的，可是結果我沒有，結果我只是笑，和照片裡的那個我一樣，笑。

在那張照片之前我扭到腳，然後，是的，瓏動握住我的手，然後揹我走，直到我們都發現了心底的那個什麼爲止。

很好笑，明明走在身邊的是可晴，結果第一個發現我扭腳的卻是瓏動，一個箭步跑向我的瓏動；他一直就在看著我，這是我當時笑的原因，這是我現在笑的原因。

其實是有第四次的。

『其實是有第四次的。』

此刻，瓏動說，說得突然，也說得平靜。

我有個朋友。他告訴我。他愛了一個女孩好久，十年那麼久。

從第一次見面就愛上她，陳腔爛調的一見鍾情，不過確實就是這麼一回事沒錯；第一次愛上她時，她有男朋友而他有女朋友，所以這一見鍾情就這麼不了了之。遺憾嗎？其實並不會，因爲他們三個人後來變成了好朋友，要好的朋友，一輩子都要好的那一種；所以往後每每回想起來的時候，他總慶幸自己當初沒愛，否則他們三個人如今就不是這感情了吧？他眞覺得。

『罪惡感。』

他接著又說。

第一次發現自己愛上她時，心中就隱隱感覺罪惡，和自責；雖然他沒實際上劈腿，不過眞的是有罪惡感在心底的。後來有機會相愛卻沒愛成時也是，這罪惡。

他一直想跟女孩說聲謝謝，謝謝她還願意繼續把他當朋友，還願意在他失戀時陪他，在他失意時鼓勵他；可是他一直沒說，沒敢說，因為他感覺到女孩不希望他說，他們無話不談，就唯獨愛，是個例外，又或者應該說是：禁區。

『她自尊心很強，而且不好惹。』

他笑著說。

他其實告白過兩次，但兩次女孩都不當一回事，這事其實要怪他，當下他不知道，而且為此沮喪過、氣餒，可是往後回想他知道，知道得不得了。第一次告白時他失戀，第二次告白時他失意，而且兩次他都喝得有點醉，帶著醉意的告白誰又會當一回事？尤其是像她那樣聰明的女孩。

『他以為不會再有第四次，可是其實是有的。』

指著照片，他說。

只是這一次，他沒敢說。有時候他覺得女孩好像希望他說，有時候他卻又覺得，女孩希望他別說；而且時間久了，他其實慢慢也混淆了愛和友情的差別，只知道分開的時候他想她也愛她，像個情人般的想著她、愛著她，可是見面相處時，卻又矛盾的覺得，當朋友還是比較好，沒負擔，而且能長久。

『尤其她是個會封殺前男友的人，而他真的害怕被她封殺，害怕沒有她。』

除此之外他還知道的是，他依賴她，她們，他依賴他們三個人之間所營造出來那美好的和諧，依賴得不得了，也喜歡得不得了，幾乎是為了他們的星期日到來而活下去那般的依賴，和喜歡。

越愛越寂寞，有時候他會這麼覺得，可是更多的時候，他反而卻覺得，就是因為愛著，所以才能不寂寞的，儘管，只是放在心底愛著，小小心心、安安全全的愛著。

『只是，當熟悉的依賴，變成只是個回憶時，那眞的是很難受的一件事啊。』

眞的是難受，他又重複了一次。

『當我知道妳希望我離開，當我明白，原來我已經變成是你們的阻礙時，很難受，比妳不愛我還難受。』

我是愛過你的，而你是知道的，不是嗎？

『可是我又沒有要求什麼，我沒有要妳放棄他，我甚至沒有想過要破壞你們的感情，我還想著或許我和他也能成爲好朋友，因爲我也知道他適合妳，我，我眞的只是，想要繼續留在妳身邊，以好朋友的身分，這樣而已啊。』

瓏勳說，瓏勳是要灑脫，但結果卻溼了聲音的說：

『早知道終究都是要分開，當初就眞應該放手的愛一回。』

心底，我浮現這段話：愛，要說，否則只會遺憾了錯過；痛，別忍，否則，只會越愛，越寂寞。轉頭，我望著窗外的天氣，我覺得好奇怪，爲什麼明明是夏天，卻感覺像秋天？

別離太重了。

太重。

這個夏天

這個夏天，發生了好多事啊。

首先、但其實是最後，而且應該很多人已經知道這消息：是的，我即將離開這多年以來的專欄和你們，我必須好好地讓自己充電、放空和沉澱。不過只是暫別，這點我得強調再三。

近期內我的專欄們將會陸續告個段落，近期內我終於不必在節目裡又或者是後台（通常是後台）被挖苦：不是說要去遊學？怎麼還一直上節目上個不停啊？

這些人眞的好討厭。

謝天謝地，終於解脫。這裡指的解脫是那些苦和冷眼，而不是你們，長久以來無條件支持著我也豢養著我的你們，三分之一的你們。

之所以特地在網誌和各位正式宣佈這消息，也是因爲你們，三分之一的你們，畢竟我的開始在這裡，所以我想要好好的說再見，在這裡，和你們。

這個看似大膽卻是必須的決定，其實也是源自於挖苦，不過是果不是因，或者應該說是個引爆點，是果不是因的引爆點。

那是個星期日，我獨自一個人到那間飯店，那個一切好像都是源自於那天的那間飯店，這個夏天，以及這個夏天發生的所有事情，像是個序曲，也像是個終點。

照例是高樓層的餐廳，照例是靠窗的好座位，不照例的是，那天我獨自一個人，沒有訪問要進行，沒有稿子必須寫，也，沒有人等著要見面，坐在我對面。

那天是瓏動的生日，他在我的字裡行間其實存在了好久，太久，他是我文字的最初，也是最後。他是我不想承認的存在，他是我無法否認的存在。

我們一直就活在彼此不適合相愛的害怕裡。

那是我們第一個沒有一起度過的生日，那天我覺得很寂寞。

不是孤單，是寂寞。

那天我一個人坐在那裡，回想這個夏天，這整個夏天，心情紛亂，然後，熟悉的：

『妳好像眞的很欣賞自己耶。』

對桌有位女客突然飄來這句話，她並不是看著我說的，但我十分確定她這話就是想要說給我聽的，如果此刻妳正在看這篇文章的話，請各位容許我說句當時沒來得及說的：去你媽的，干妳屁事！名人就活該被路人罵嗎？asshole。

以前每當遇到這種場面時，通常我的反應是息事寧人，裝作沒聽見，讓這一切快快過去，不知道爲什麼，我可以在任何場合和任何人公開對罵，但就是辦不到和認識我但我卻不認識對方的路人吵架，甚至是回嘴幾次，是不是我眞的太在意我的身分和形象？

而那天我以爲我的反應會是一貫的置之不理，然後回家生悶氣，氣消之後再打個電話和他們抱怨一大堆。

但是結果卻不是，結果連我自己也意外的是，我居然就哭了起來。爲什麼呢？爲什麼要這樣討厭一個妳其實並不眞正認識的人呢？大概是這方面的委屈感。

這不是第一次的委屈感，但卻是第一次因此而感覺到無助，眞的很無助，朋友不在我身邊的這個事實，在這星期日、在這委屈感裡頓時鮮明了起來，立體了起來，也，令我無法承受了起來。

我一直以爲我可以承受沒有他們的日子，而原來我承受不了，我第一次具體的感覺到失去他們的我、就像是失去了雙手和雙腳，前進不得，也手足無措，並且，孤單寂寞。

失去之後我才知道，原來我們無法失去。

這是新的鄭友慈，卻，也不再是我能夠適應的鄭友慈。

然後，是的，在接下來的一些不方便公開說明的私事發生之後，我做了這個決定：離開。

所以，是的，在接下來的一段時間裡面，你們將不必再忍受看到我，這裡指的你們，是另外三分之一的你們。

還有，是的，請不要再這麼粗魯的對待公眾人物，這另外三分之一的你們；請不要覺得這些公眾人物們欠你什麼，尤其是欠你一頓罵。

最後，是的，在未來的某一天裡，我會再回來的，可能到時最後的三分之一你們早就已經淡忘我，反正從來你們也就不是喜歡我而認識我，你們甚至也不討厭我，你們只是看熱鬧的路人們，不過還是很謝謝你們，眞的。

再見了各位，我要去找我自己了：）

◆之二
許瓏勳

秋天。機場。

「妳的臉很乾。」

這是我開口的第一句話，而嘴角是笑；我是，她也是，只不過她的笑裡多了點不爽的成分，她立刻說：

『喔、對啊，我們好久不見，提醒我的臉很乾、確實是個好的開場白啊。』然後，友慈立刻補上這句：『混帳。』

然後我們都笑了起來，笑到心都暖起來的那種笑法；儘管整個夏天不見，我們依舊是一遇到彼此、笑點就會變得很低，超低。好怪，感情這回事是眞的怪。

「妳的行李就這樣？」

『嗯啊，反正需要什麼就再買啦，幹嘛帶行李。』

「果真還是鄭愛買啊。」

『當然。』

接過友慈手中的行李，我難掩笑意的說：

「也不必特地飛過來看我吧？」

『誰跟你說這是特地飛過來看你的？』

「最好是這麼逞強啦，明明就是要來美國，所以順便去加拿大探望家人的。」

『明明我是專程帶我家那個剛退休的上校去加拿大探望他老婆和兒子，然後想說反正都要充電遊學，不如就選擇美國吧。』

她還是繼續逞強，而且沒忘記順便出拳捶了我胸口。

『相信嗎？可以赤手空拳撂倒歹徒的硬漢，結果搞半天卻不敢自己一個人搭飛機耶？』

「但願妳這番話沒當著妳爸的面說。」

『喔，很可惜的我就是有，而且我是故意的。所以我們在飛機上都還沒飛離台灣本島就吵開來了，哈～～』

「哎，妳喲。」

『反正呢，美國離加拿大也不遠，所以就繞過來看看許笨蛋你有沒有過著很衰的生活，好到時候跟可晴好好的幸災樂禍笑一場啊！』

「謝妳喔。」

『不客氣，反正還得等，不如就先請我喝咖啡吧，我渴死了。』

「還眞是一點都不客氣的個性啊。」

『一向是啊。』

「呵。」

機場的咖啡廳，友慈和我，以及兩杯熱咖啡；雖然我並不想要顯得太迫不及待，但沒辦法我才喝下第一口咖啡，就迫不及待的問她：

「所以呢？妳和王醫師怎麼分手了？」

『我網誌沒寫到這個吧？』

「喔，是啊，但可晴在電話裡說了。」

『呿。反正這說來話長。』

「是有多長？」

『嗯，好。有整個夏天那麼長的長呢。』

「妳可以再故意賣關子沒關係啊。」

『還是要感謝許同學你啊，在你離開之後，我們終於能夠把注意力專注於彼此身上了啊。』

專注於彼此，以及彼此的家人。

『年輕人的戀愛是兩個人的事，而成年人的戀愛，則是兩個家族的事。』

這是友慈的開場白。

關鍵出在於他家老爸。友慈說。

他們第一次見面就互看不順眼進而大吵架的王家老爸，那是他們第一次互看不順眼但卻不是最後一次，他們還是處不來，這點他們也很無奈，坦白說，他們其實痛恨死對方了。

一開始的時候他們還會爲了王哲修而掩飾這點，他們示好，也試著想要喜歡對方，但處不來就是處不來，喜好這件事情就是這麼說不通的很絕對。

『每次看到夾在我們中間當和事佬的哲修那麼爲難的時候，就會覺得自己很內疚、很自責，接著就又開始痛恨起自己還有他家老頭爲什麼要讓哲修夾在我們中間那麼爲難！哎。』嘆了口氣，友慈說，『雖然沒問過，但我想他家老頭對我應該也是這樣的心情吧？』接著，在內疚和自責之後，友慈還是接著痛罵起：『眞是不可理喻臭老頭一枚！沒遇到還是眞不知道，原來這世界上還有比我家上校更難溝通的老人家，呸，呸呸呸！』

「唔……」

我希望自己此刻能夠笑得含蓄點。

『雖然稱不上是什麼淚眼相對、忍痛分手，畢竟我們都是很理智的成年人，尤其其中一位還是念理科的醫生，但說分手的時候，還眞的是滿感傷的。這裡有賣啤酒嗎？』

「到飯店再喝吧？那女人在電話裡千叮嚀萬交代我們不准先偷喝啊。」我說，「可是很奇怪，她反正又不能喝。」我嘖了一聲，然後問：「那女人是眞的要來美國玩？」

『對啊，誰叫你不幫她買Tiffany，哈～～』

「白痴喔。」

『沒有啦，她只是想在生產前藉機再出國玩一趟而已，不然坐月子啊帶小孩什麼的應該會有很長一段時間走不開了吧。而且反正小小紀也比較黏奶奶，哈～～』

「白爛。」

『好啦。』呿了一聲，友慈又說：『不過還眞是被她說中了。』

「說中什麼？」

『當初她跟我鬼扯什麼有個朋友啊上海什麼的時候，她說如果換成是我的話，就會飛去上海什麼的，那時候我還不相信覺得她亂講咧。』

我想我此刻是沒辦法笑得含蓄了。

「直到這一刻，我還是很難以置信的啊！」我笑著說：「鄭工作狂友慈居然會讓自己放下工作到國外充電遊學啊。」

『你再繼續挖苦我沒關係啊。』

「呵。」

『不過我還是會專心寫書的，我答應出版社今年會出一本書。』

「還說什麼要暫別，嘖。」

『哈～～』直視著我，友慈裝模作樣的笑著說：『反正呢，在美國的這一年，就要麻煩許同學多多關照啦。』

「當然。」我說，正正經經的說：「我終於有機會照顧妳了啊。」

『呵。』伸了個懶腰，友慈突然的說：『這個夏天哪，真的是發生了好多事啊。』

「是啊。」

是啊。

『不過還是很感謝哲修啊。』

「嗯？」

『原來和前男友當好朋友沒有我想像中的難。』

「妳總是想得太難了啊。」

『好說。你呢？』

「我什麼？」

『那個啊，』友慈一臉不情願的問：『你和苡詩？』

「沒有啊。」我說，「沒有很久啦。」我笑了起來，「被某人牽制住了嘛。」

『某人咧。』

「解鈴還須繫鈴人嘛。」

『白痴。』

「妳臉紅了耶。」

『你很煩。』想了想，友慈問：『倒是……』

「嗯？」

『這事哲修叫我親自問問你，你倒是幹嘛叫他用護手霜啊？』

這下子換成我臉紅了：

「我哪有叫他用護手霜？」

『少來，他都告訴我了。你明明知道我最最受不了男人愛用護手霜的不是嗎？愛用護手霜的男人就像是腰身細細的男人一樣不可原諒！』

我得逞的笑了起來：

「對啊，所以我是叫他在包包裡放條護手霜，又沒叫他真拿起來用，誰曉得他。」

『你很壞。』

「哈～～」

盯著空的咖啡杯，友慈突然咕咕笑著說：

『愛人十誡。』

「什麼東西愛人十誡？」

『那個畫面，雖然我沒有看到，不過眞像是電影裡的愛人十誡啊。野蠻女孩這電影你記得？』

「記得啊，全智賢超正的。」我說，但我還是不懂什麼畫面，「什麼畫面？」

『當你騙哲修在包包裡放護手霜什麼的那個畫面啊。』

我逞強的說：「但我又沒說到十點。」

而她得理不饒人的又說：『對啊，因爲聽說某人說著說著就哭了起來了嘛。』

「好啦好啦，算我怕了妳好嗎？」

『哈～～』

盡情的笑個夠之後，友慈才欲言又止的說：

『不過，那個……』

「什麼？」

『剛好聊到電影，我就突然想到還有另外一部電影，眞的是突然想到的喔。』

「什麼電影啊？」

二十八件禮服的祕密。友慈說。

那電影裡的女主角暗戀了一個男生好久，雖然最後她的眞命天子不是他，但末了她還是鼓起勇氣問道：

『可不可以給我一個吻？』友慈敘述著，『結果兩個人吻過之後，她才明白，喔、對，這人眞的不是她的眞命天子，而男主角才是。』

「好啊。」

『啊？』

「吻，好啊。」

『我又——』

越過桌面，我傾身，我吻住她。

『嗯。』過了好一會，友慈思索似的說：『電影還是不一樣。』

「怎麼不一樣？」我有點緊張。

『電影裡他們吻過才明白，原來兩個人適合當朋友，而我們……』

她笑了起來，她說，她想要說些什麼，可是卻忘了原本想要說的是什麼，她吻住我。

而我們吻得像戀人。

遲來的吻，但來得不遲。

「走吧。」

望著手機裡響起的可晴來電，我起身，牽起友慈的手，我說：

「三人組終於又要會合啦！」

『天變地變我們三個人是永遠不會變哪。』

「呃，是會有點改變的喔。」

『喔，對。』

低頭，望著我們的手，抬頭友慈笑著告訴我：

『對。』

越愛越寂寞？／橘子作. -- 初版
-- 臺北市：春天出版國際, 2009. 07
面； 公分. --（橘子作品集；23）
ISBN 978-986-6675-26-3（平裝）
857.7 97005701
國家圖書館出版品預行編目資料

越愛越寂寞？

橘子作品集 23

作　　者◎橘子
總 編 輯◎莊宜勳
主　　編◎鍾靈
封面設計◎克里斯

發 行 人◎蘇彥誠
出 版 者◎春天出版國際文化有限公司
地　　址◎台北市忠孝東路四段303號4樓之一
電　　話◎02-2721-9302
傳　　眞◎02-2721-9674
E-mail ◎frank.spring@msa.hinet.net
網　　址◎http://www.bookspring.com.tw
部 落 格◎http://blog.pixnet.net/bookspring
郵政帳號◎19705538
戶　　名◎春天出版國際文化有限公司
法律顧問◎蕭顯忠律師事務所
出版日期◎二〇〇九年七月初版一刷
　　　　◎二〇一一年十二月初版五十八刷
定　　價◎220元

總 經 銷◎楨德圖書事業有限公司
地　　址◎台北縣新店市復興路45號3樓
電　　話◎02-2219-2839
傳　　眞◎02-8667-2510
排　　版◎浩瀚電腦排版股份有限公司
印 刷 所◎鴻霖印刷傳媒股份有限公司

版權所有．翻印必究
本書如有缺頁破損，敬請寄回更換，謝謝。
ISBN 978-986-6675-26-3
Printed in Taiwan